科幻文学馆
Science Fiction Museum

骰子已掷出

萧星寒·著

科幻立方
文库本

天津出版传媒集团
百花文艺出版社

图书在版编目（CIP）数据

骰子已掷出 / 萧星寒著. -- 天津 : 百花文艺出版社, 2021.6
ISBN 978-7-5306-8100-8

Ⅰ. ①骰… Ⅱ. ①萧… Ⅲ. ①幻想小说-中国-当代 Ⅳ. ①I247.5

中国版本图书馆 CIP 数据核字(2021)第 088369 号

骰子已掷出
TOUZI YI ZHICHU
萧星寒　著

出 版 人：薛印胜
选题策划：成　全　　责任编辑：孙　艳
装帧设计：丁莘苡　　营销专员：王立宸
出版发行：百花文艺出版社
地址：天津市和平区西康路 35 号　邮编：300051
电话传真：+86-22-23332651（发行部）
+86-22-23332656（总编室）
+86-22-23332478（邮购部）
网址：http://www.baihuawenyi.com
印刷：天津光之彩印刷有限公司
开本：710×1000 毫米　1/32
字数：46 千字
印张：5.625
版次：2021 年 6 月第 1 版
印次：2021 年 6 月第 1 次印刷
定价：28.00元

如有印装质量问题，请与天津光之彩印刷有限公司联系调换
地址：天津市宝坻区潮阳工业园管委会路东 1 号
电话：(022)29644996
邮编：381015

作者简介

萧星寒

重庆市科普作协科幻专委会副主任委员，科普科幻双栖作家。已出版“碳铁之战”系列等图书 21 本，长期于多部杂志发表各类文章，出版作品超 400 万字，在华语科幻星云奖、中国科幻电影原石奖、晨星·晋康奖等奖项中均有所斩获。《癌变蟠桃》发表于《科幻立方》2016 年第 4 期（试刊），入围第十八届百花文学奖·科幻文学奖。

骰子已掷出。

——盖乌斯·尤利乌斯·恺撒

目录

01

那粒金色的骰子在半空中旋转着，旋转着，倏然落下，被一只纤细的手牢牢抓住。

“曼谷。”阿宏说着张开手指。

正如阿宏所预测的那样，是一点朝上。

“六点是河内，五点是仰光，四点是清迈，三点是巴厘岛，两点是加德满都，一点是曼谷。”他把这句话又默念了一遍，最后强调了一句“没错，曼谷”，这才把骰子塞进裤兜里，穿过熙熙攘攘的人群，走向岘港高铁站售票厅。

这次休假,有七天时间。同往常一样,去哪里度过这七天,阿宏难以抉择,于是和往常一样,他罗列出所有的选项,用掷骰子的方式决定。

两个摄像头在高处俯瞰,阿宏不用抬头也能感受到它们的存在。到处都是摄像头。他心中不安,加快脚步,走进了售票厅。左边是人工售票,右边是机器售票。去哪边呢? 他把金骰子从裤兜里拿出来，心中默念:“单数是人工，双数是机器。”投掷的结果是四,于是他走向了右边第四台售票机器。

阿宏抬起左手，按在售票机器的屏幕上,通过指纹检测。“买一张去曼谷的高铁票。”他说。声音检测也通过了。一丝微弱的红光从他眼前滑过，他知道这是售票机器在检测他的虹膜和静脉。他不相信这机器会查到他的真实身份。在编造假身份这件事上,皇家玛丽号向来做得很好。

"请眨眼睛。"售票机器说。

阿宏眨了眨眼睛,然后他得到了去曼谷的高铁票。

一小时后,岘港开往曼谷的列车出发了。车厢里基本坐满。乘客们都在各自的座位上,少部分睡觉,大部分玩着虚拟现实游戏。旁人看不见他们"看见"的东西,只在某些角度可以窥见他们指间闪烁着五彩的光。阿宏身旁是个胖子,上车后就没有对谁说过一句话,完全沉湎在游戏世界里,只偶尔爆出一连串粗口,伴之以双臂激烈地挥动。阿宏枯坐了一阵,合上眼睛,开始睡觉。

牙齿的振动惊醒了阿宏。这是一个绝密的网络电话,知道的人很少,而休假的时候,皇家玛丽号的人是不会打电话来的。发生了什么事情?阿宏不动声色地扫视四周,见没有人注意他,于是抬起左手手腕,捻动拇指与食指,手背上的皮肤显示屏亮了起来，但除了当前时间和一句格言，并没有来电信息。与此同时，一个陌生的声音在他的耳朵里响起。

“阿宏，他们找到您了。”对方声音低沉、浑厚，有种难以形容的吸引力。

对方不但在网络电话上屏蔽了自己的信息，而且一上来就称呼他在皇家玛丽号上的名字，这令阿宏立刻心生警惕。他用舌头按照一定的规律敲击牙齿，门牙内侧暗藏的微型编码器把这些敲击翻译成一句“你是谁”，通过鼻梁上方的天线发射出去。

“他们都叫我方先生。”那人答道。这声音实际上是听骨上的微型解码器把无线电波直接“翻译”为神经脉冲，传递给听觉神经的结果。除了他，没有别人能听见。

“他们又是谁？”阿宏小心翼翼地问，同时观察了一下四周。他在皇家玛丽号上做的事情，可不是什么合法的买卖。车厢里一切如常，睡觉的睡觉，闲聊的闲聊，吃东西的吃东西，打游戏的打游戏。

“龙虾特工。”方先生说。

他不是第一次听说这个名字。“龙虾特工？”

“秘密警察、地下特工、特别调查员……随便您怎么称呼，知道他们是坏人就成。”方先生说，“时间有限，不啰唆了。总而言之一句话，他们正向您所在的车厢走去，准备抓您。”

方先生一口一个“您”，令阿宏感觉不舒服。“你能看见他们？”

“到处都是摄像头。神圣秩序监控并统治着整个世界。我不过是借用了他们的一点网络资源。”

神圣秩序。阿宏咂摸着这个词语。这不是他第一次听说“神圣秩序监控并统治着整个世界”。

然而……

“听着，”方先生说，“三只龙虾马上就要进入您所在的车厢了。”

阿宏连忙站起身，正好看见三个人从车厢连接处往这边走来。他们身着同一款式的黑色西装，笔直挺括，仿佛是用同一个模板打印出来的。黑色的皮鞋头尖得像锥子，矫健的步履使他们如同一阵黑色的风。他们的头发梳得纹丝不乱，圆圆的黑框墨镜盖住了大半张脸，流露出某种神秘气质。在他们左胸佩戴的暗色徽章上，龙虾张牙舞爪的图案格外抢眼。

“我该怎么办？”

“去厕所。303号厕所。知道在哪里吗？”

“知道。”

我不知道的只是该不该相信你。阿宏伸手到裤兜里去掏骰子。单数是相信，双数是不相信。

“我的人会在厕所里等您。速度要快，但动静不要过大！”

阿宏将骰子抛起，看着它飞到最高处，又掉落下来。他伸手去接，却被旁边那个沉湎于游戏的胖子突然间挥动的手臂碰了一下胳膊。

骰子跌落到地上，骨碌到另一边的座椅下。他没有看到投掷的结果，恐慌抓住了他的身心。他来不及责怪胖子，立刻跪下，身体前倾，伏到地上去寻找那粒金骰子。其他乘客都莫名地望着他，就像望着马戏团里的猴子。他不在乎，所有的心思都在寻找骰子上。他看见了，那粒骰子静静地躺在座椅的一条腿附近，影影绰绰，看不清楚是哪一个数字朝上。他正要伸长手臂去够，却被人猛力摁住后背，从座椅下拖了出来。

“你被捕了。”一个尖厉的声音说，“不要做无谓的抵抗。”

“我要那骰子！”阿宏边吼边拼命摆脱龙虾特工的控制，“我还没有看到……”

“你没有权利要这要那。”龙虾特工中的一个说。他有宽宽的额头，不等阿宏反驳，已经一拳擂在阿宏的太阳穴上。

阿宏晕了过去。半昏半醒间，他仿佛看到了骰子上的数字，又仿佛没有看到。

02

阿宏醒来后，发现自己坐在一把藤条椅上，置身于一个空荡荡的房间里，面前只有一张长条形的玻璃桌子，对面也摆着一把藤条椅。一道刺眼的白光在身后闪现，他扭过头去，发现背后是巨大的落地窗。窗外漆黑一片，正下着瓢泼大雨，隔着落地窗，听不清声音，只能瞧见雨滴愤怒地击打在玻璃上，还隐约能分辨出几株高大的亚热带植物。

伴随第二次雷声而来的开门声，比雷声更吓

人。一个西装革履的龙虾特工推开房门，走了进来。他把一沓文件丢到玻璃桌子中间，旋即坐到藤条椅上。

“阿宏，你可以叫我老P，字母P。”这名龙虾特工有宽阔得可以跑高铁的脑门，“不用琢磨它的意思，就是个代号。”

“为什么抓我？”

“还不是你在皇家玛丽号上干的那档子事。”老P说着翻了翻桌子上的文件。

阿宏瞥见文件上有自己的照片。“那些事情虽然烂，但用不着龙虾特工出手。”

皇家玛丽号表面上是艘豪华邮轮，实际上是艘赌船，将各个国家的达官贵人、新晋富豪、职业赌徒，还有无数喜欢浑水摸鱼的投机之徒送到公海上，进行数额特别巨大的赌博。

“为什么抓我？”阿宏问，“我干什么了？”

"与迦楼罗非法接触。"

"迦楼罗？"阿宏努力让自己的疑惑显得更加真诚，"那是什么？"

"迦楼罗是一个恐怖组织，意图对抗神圣秩序。高铁上，给你打电话的方觉晓就是迦楼罗的领导人。"

"恐怖组织？可是，在方先生打电话之前，你们已经在来抓我的路上了。"

"抓你，不是因为你已经做过的事情，而是你将要做的事情。"

"这不可能。"阿宏瞠目结舌，"没有谁该为他还没有做的事情负责……"

老P伸出食指在阿宏眼前晃了晃，示意他不要说话："这里没有法律，或者说，我就是法律。我知道迦楼罗那帮蠢货会对你说些什么。真的，说他们是蠢货简直就是侮辱蠢货这个词。什么精准的预言，什么不可或缺的救世主，什么命中注定。几千年了，一点变化都没有，毫无创新意识。”

“我不明白。”

“你明白，或者不明白，都没有意义。”老P说，“眼下，你只需要记住一件事情。因为与迦楼罗非法接触，你被判处死刑，没有公开审讯，没有对外宣判，不接受上诉，立即执行。”

阿宏一时无语。他在皇家玛丽号赌船上工作，不是没有见过同伴被捕，也不是没有想过自己也会有同样的一天，但现在这种情况……他只觉得荒谬绝顶。

“不过，也不是完全没有咸鱼翻身的机会。”老P摘下墨镜，搁在玻璃桌子上。他的眼珠是棕褐色的，眼角的皱纹像钝刀强行雕刻的一样，又宽又深，那是岁月碾过的痕迹。“一个机会，最后的机会。你要好好把握。”

“要我做什么？”阿宏问道，话音刚落他就猜到了答案。

“做鼹鼠。”老 P 说。没有墨镜的遮挡，阿宏清楚地看见他的眼神显出无尽的贪婪。这种眼神，他在皇家玛丽号上曾经见过无数次。“答应方觉晓的邀请，去往他们的迦楼罗基地，然后把迦楼罗基地的位置和其他资料一并报告给我。”

“你就可以把迦楼罗基地成员一网打尽？”

“是的，一网打尽。”

“我能从中得到什么？”

“不用去死。不用现在就去死，还可以舒舒服服地活上好几十年。”老 P 补充道，“小子，我告诉你，人生虽然没有意义，但好死不如赖活着。别错过了最后的机会。”

阿宏沉默。

“你在想，应不应该相信我，对吧？这个问题的答案不重要。”老P说,“你相信,或者不相信,都不重要。有神圣秩序在,所有的结果都已经注定了,不管你如何选择。”

选择?阿宏心里生出一种渴望,渴望把金骰子扔向半空,替他决定这个问题的答案。然而,骰子落在了高铁上。深深的失落感与空虚感交替占据着他的身心,令他一时之间骨鲠在喉。

老P盯着阿宏的脸,良久,从玻璃桌子上拾起墨镜,戴回到脸上,遮住了皱纹包围的眼睛。“你拒绝合作?你一定会后悔的。不,你没有时间后悔。因为……”老P忽然停住,微微侧头。这是在听耳骨电话的典型动作。稍后,他微微点头,又异常惊讶地说了一句:“外卖?”旋即起身离去,将阿宏一个人留在了审讯室里。

闪电透过落地窗瞬间照亮了房间,外面隐隐传来滚滚雷声。

房门再次被推开。这次进来的不是老P，而是一个提着篮子的兔女郎。她身穿白色暗纹比基尼，脚蹬兔脚拖鞋，手戴兔爪手套，脑袋上顶着长长的兔耳头冠，甚至屁股上还有球状的兔子尾巴。

“是你点的外卖吗？”兔女郎问。

“不是我。”阿宏摇头道，“我没有。”

“是你。不要反驳。”兔女郎说，“我说是就是。”

阿宏没有答话，只盯着兔女郎看。她个子不算高，但异常丰满，行走之间，性感呼之欲出。她把篮子搁到玻璃桌上，顺手掀开盖子，从里边掏出了两把枪。丛林之鹰经典款。他使劲眨了两下眼睛。

“我在你乘坐的列车的303号厕所等你，可你没来。”兔女郎说。

“你是……”

“方先生派我来救你。”兔女郎把一把丛林之鹰递给阿宏,“叫我艾莲娜。”

枪身沉甸甸的,好像是铁铸的。阿宏双手用力握住丛林之鹰,同时努力回忆在皇家玛丽号上学习使用枪支的情景。

“用过枪吗?”

“学过。但还没有对真人开过枪。”

艾莲娜靠近阿宏,伸手在丛林之鹰的弹夹上方按动了一下:“开启自动补偿机制,会使你射得更准。”

“嗯。”阿宏轻声回应,以掩饰自己狂跳的心。

艾莲娜向他举起了丛林之鹰。

在半秒钟的惊愕之后,阿宏才意识到她瞄准的不是自己的额头,而是身后的落地窗。

落地窗在枪声中碎成一堆圆形和椭圆形的玻璃碴子。风和雨立刻蜂拥进来。

艾莲娜走到落地窗前,风把她的头发吹得像无数飞舞的小蛇。她探头望了一眼外面,对阿宏说:“跟我来。”随后跳了出去。

阿宏拿好丛林之鹰,也跟着跳进夜色里。审讯室在一栋建筑的二楼。还在半空,他的全身就已经被雨水浸湿。脚刚着地,湿滑的地面就令他一个趔趄,若不是艾莲娜及时出手扶住,他就要狼狈地在泥地里打上几个滚了。

“谢谢。”阿宏站稳了说。艾莲娜的手已经闪电般从他的胳膊上松开。“我以为会从门那边冲出去……”

“在想什么呢?”艾莲娜说,“你以为就凭我们两个,两把枪,就可以从守卫严密的龙虾 42 号基地杀出去?别做梦了。”

阿宏很不自然地笑了笑。

就在这时,阿宏看见艾莲娜身后的矮树丛

里潜伏着一个银灰色的身影。矮树丛一阵晃动，那人似乎有所行动。阿宏赶紧扣动扳机，丛林之鹰震动着，射出了致命的子弹。

03

银灰色的身影向后飞出，以一条优美的弧线掉落到泥地里。子弹正中他的胸膛，淡红的液体从那里渗透出来，被雨水迅速稀释、冲走。

“你干吗？”艾莲娜的质问异常突然。

“他要偷袭你！”阿宏辩解道。丛林之鹰的自动补偿机制确实优秀，令他这个生手都能准确命中目标。但有哪里不对劲？那具尸体穿着龙虾特工的服装。“他不会是你负责接应的同伴吧？”

“不是。”艾莲娜焦灼地说，“快走，时间不够了。”

她转身跑走。

一道闪电在左上方的天空亮起，短暂地照亮了黑暗笼罩的世界。阿宏伸手把打湿的头发从额前拢到脑后，跟在艾莲娜后面。在他身后，龙虾42号基地又陷入了黑暗之中。

很快，两个人就跑到一堵围墙边上。一条绳梯从五米高的围墙上垂下来。艾莲娜率先爬到绳梯顶端，又转身把阿宏拉上了围墙。这时，龙虾42号基地警铃大作，无数探照灯亮起，宛如一把把巨大的刺刀，向着天空和四周扫荡。

两个人继续奔跑。转过一个弯，阿宏看见平地上停着一架旋翼机，发动机已经启动。驾驶员冲他们一边挥手一边高喊："快，快！他们发现我们了！"

艾莲娜一步跨上旋翼机后排座，阿宏跟着跳上去。舱门在他身后关闭，旋翼机随即低吼着，在风雨之中努力挣脱重力，飞到比亚热带丛林略高的半空，然后朝着东南方向迅疾飞去。龙虾基地也有几架飞行器同时出动，但眨眼之间，旋翼机已经将它们远远地抛在了后面。

阿宏喘了口气，望向艾莲娜，这才发现后排座上还有一个中年男子。那人伸出手来，越过艾莲娜，握了握阿宏仓皇之间递出去的手。“很高兴认识您，救世主。”他比画了一下接听电话的动作，“我是方觉晓，大家都叫我方先生，我们通过话的。”

“我也很高兴。”阿宏礼貌性地回答，“叫我阿宏听着舒服些。”

方先生收回了手。他光光的脑袋上，没有一根毛发。“您相信命运吗，救世主？”

“不相信。”

“为什么？”

阿宏说：“有一种隐秘又无处不在的力量，不管他是谁，是上帝、造物主，或者叫什么狗屁命运，在暗地里左右世界上数十亿人的一切——从简单的吃喝拉撒睡，到信仰、梦想、希望与追求，这一切的一切，都在冥冥之中归他管理，我无法接受这样的场景，连想一想都觉得头疼。”

“救世主，您会这样说，证明您对真正的命运一无所知。”方先生露出高深莫测的微笑，“艾莲娜，你相信命运吗？”

“相信。”艾莲娜望着面前的空气，“以前我是不相信的，但现在我相信了，尤其是加入迦楼罗之后。”

方先生微微颔首，又问：“飞行员，你相信命运吗？”

飞行员答道：“方先生，我相信命运，从小就相信。我妈一直对我说，上天早就安排好了一切，你只需要默默接受就好。”

方先生意味深长地说:“救世主,您会乘坐从岘港到曼谷的列车,您会接到我的电话,您会被老P抓住带到秘密基地审讯再被艾莲娜救出,您会坐在这里听我讲话,您会成为救世主,成为迦楼罗的领导者,拯救这个黑暗的世界于末日的边缘,这都是命运的安排。”

“事实上,我不太明白。”阿宏努力理解方先生所说的话。至少从岘港到曼谷,是丢骰子的结果,在骰子落下之前,谁也无法预测,谁也无法干预,而且……“尤其是关于迦楼罗与救世主的那一部分。”

方先生嘴角带笑:“不愧为救世主,提问都这么一针见血。”

“我想,任何一个人,忽然被人叫作救世主,要他承担拯救世界的重任,他都会这么问的。”

“我会把一切都告诉您,救世主。这是我的职责。”方先生说,“和老P打了这么多年交道,他会告诉你些什么,我一清二楚。老P老奸巨猾,他所说的话,一个字都不能相信。”

方觉晓竖起纤细瘦长的食指在空气中左右晃动了两下,仿佛要把老P和他的言行全部从现实里抹掉:“不过,现在要先降落。”

雨已经停了,也可能是旋翼机飞出了雨区。黑灰色的云层在头上默默铺展着,遮蔽了大部分天光,看不到月亮,也看不到钻石一般璀璨的星星。旋翼机下方是莽莽苍苍的亚热带丛林,一眼望去,无边无际。霎时,旋翼机止住了向前猛冲的势头,开始垂直降落。在旋翼机落到丛林的空隙之前,那里出现了一道外旋的收缩门,旋翼机落进门里,继续沿着陡直的通道下降,最终在阿宏以为它会一直落到地心之前,停下了。

阿宏推开自己这边的舱门,跳下旋翼机,眼

望四周，发现停机坪建在一个大型溶洞里，头顶上巨大的钟乳石仿佛无数冻结的棉絮云。

“这是你第一次杀人？”艾莲娜在阿宏身后忽然问道。

“是。”阿宏被问得猝不及防，忙不迭地回答。

“害怕吗？”

阿宏喘息了一下，回忆起开枪时的震动以及误以为死者是艾莲娜同伴时的恐慌，老老实实回答：“害怕。”

“会习惯的。”艾莲娜又问，“需要换衣服吗？”

“不需要，已经干了。”阿宏牵起衣角，证明自己所言不假。这衣服是用纳米布料做的，不吸水，还自带烘干功能。

“我需要。”艾莲娜说着，加快步伐，从阿宏身边走过。

阿宏目送艾莲娜远去。方先生从旋翼机的另

一边踱到阿宏身边。“艾莲娜是整个迦楼罗最诱人的花,不但能打,还身材劲爆。这么好的花你上哪找去?”他看向艾莲娜的背影,“您迟早会爱上她的。这毋庸置疑。她也会爱上您,因为您是救世主。”

阿宏明显感觉到自己的心跳加速了。听方先生这样说,却不知道如何评价,只好一边跟着方先生走,一边偷偷看着艾莲娜摇曳多姿的身影消失在一根巨大的钟乳石后边。

停机坪通往主洞方向的道路堪比高速公路,又宽又直,三辆大型客车齐头并进还绰绰有余。这里原本是一个大型溶洞,但如今每个角落都有人工改造的痕迹,俨然是一座规模惊人的地下城市。随着脚步的移动,看着四周出现的越来越多的现代化建筑,阿宏不禁想:当初建设这个基地的时候,耗费了工程师和技术员多少心血啊。

“这里能住多少人？”阿宏问。

“十万。”方先生说，“如果降低生活质量，还可以更多。”

“这里也到处都是摄像头吗？”

“不，迦楼罗不允许安装摄像头。”

没有摄像头这件事让阿宏暗自庆幸。

穿过一道高高的闸门，方先生示意阿宏停下，他自己继续往前，两步跨上一个平台。台下聚集了二十来个人，从服装上可以看出他们来自不同的地方。

方先生扫视全场，待所有人都安静下来才开口道：“我们在黑暗中等待这一刻已经太久了，然而救世主值得我们等待。迦楼罗从来没有让我们失望过。他把我们从浑浑噩噩中唤醒，让我们知道了世界运转的真相，教会了我们如何去反叛，反叛神圣秩序，对抗黑暗暴政。所有迦楼罗的反对者与怀疑者，都将遭遇命运的碾压。我们不要再做奴隶，我们要接受迦楼罗的安排，反抗一切黑暗与邪恶，消灭一切不公与不义。”

台下静默，没有人鼓掌，也没有人欢呼。阿宏早就注意到，台下的这群人打扮各异：有满脸胡子、肩膀上挂着突击步枪的彪形大汉，有身穿淡黄色僧袍、腰间却别着短刀的和尚，有一脸稚气却熟练地吸着大雪茄的孩子，有穿着传统直筒裙、左臂却完全机械化的女子……每个人都个性十足，找不到完全一样的装扮。

方先生的声音进一步提高，双臂也举了起来：“同志们，欢呼吧，迦楼罗预言的那个救世主，今晚被我——我们——找到了。让我们用最热情的欢呼，迎接救世主闪亮登场。”

04

这是一个重要的时刻。或许是。

出场,还是不出场?阿宏毫无意外地觉察到自己惦记着金骰子,渴望把它捏在手里,用拇指去触摸它的每一个平面,品味平面上的每一处凹陷;渴望把骰子高高抛起,看它在半空中骨碌碌旋转;渴望伸出手去一把抓住落下来的骰子,然后把手指一根根挪开,亲眼见证朝上的点数是什么……然而他的腿已经鬼使神差般地把他送到了方先生的身边。台下响起一阵礼貌性的掌声,所有人的眼光都投射到他的身上，目光中有热切的期待，也有毫不掩饰的怀疑。

“凭什么说他是救世主？”彪形大汉率先发问。

“救世主就长这个样子？”一个女人阴阳怪气地问。她的头发全部被翠鸟的羽毛所替代，从不同角度看，呈现出不同的颜色和光泽。

“你是救世主？你能让我妹妹复活吗？她死在了龙虾特工的手里。”叼着大雪茄的孩子问。

“我不是什么救世主。”阿宏说，“我就是一个在赌船上掷骰子的人。我也不知道为什么会在这里。我正在度假，坐在从岘港去曼谷的列车上，忽然就有人来告诉我，我是什么救世主，又说什么神圣秩序，什么迦楼罗，要我承担起拯救世界的重任。这个世界要毁灭了吗？我，我还没有吃晚饭呢。”

果不其然，台下传来一阵潮水般的哄笑。那个和尚的笑声格外突出。这时，阿宏看到了艾莲娜，她换了一袭宽松的套头长衫，倚靠在一根钟乳石上，静静地眺望着台上。他心中的些许涟漪顿时汹涌成海啸，赶紧把注意力转移到方先生身上。刚才说那番话的目的，就是逼方先生给出解释。

方先生没有丝毫的慌乱，一副成竹在胸的样子。“接受质疑与自我否认，是成为救世主的必经之路。”他说，“迦楼罗早就预见到这一切。”

阿宏问：“迦楼罗不是印度神话里的大鹏金翅鸟——天龙八部之一吗？”

方先生说：“别纠结词语了。迦楼罗，或者叫祭司，或者叫先知，或者叫巫罗，或者叫大鹏金翅鸟，或者叫高深叵测的量子算法，或者叫方觉晓，无所谓了，结局都一样。您在这里了，领导我们对抗神圣秩序。”

“神圣秩序到底是什么？”

“您不需要理解，只需要相信，相信您就是在这件事上不可或缺的救世主就好了。相信，是一种无可匹敌的力量，当您选择相信什么的时候，全世界都会为您让路。如果您相信您是救世主，您就能拯救世界。”方先生再次提高嗓门，“你们也是一样，你们只需要相信他是救世主，跟随他，服从他，他就能从神圣秩序的魔爪下拯救你们。至于你们的怀疑……救世主将很快证明你们的怀疑是多余的，证明他就是无可替代的救世主。”

警铃在这个时候非常应景地响起：“警告！警告！发现龙虾天空母舰！警告！警告！龙虾天空母舰来袭！这不是演习！这不是演习！”

整个迦楼罗基地都躁动起来。有的门自动打开，另一些门自动关上，几台巨大的机器轰鸣着启动,所有通道都有身着丛林迷彩服的士兵在奋力奔跑。躁动,但并不混乱,一切都在有条不紊地进行。台下这群人也毫不惊慌,有的甚至露出欣喜之色。

“这是龙虾特工第一次正面进攻迦楼罗基地。显而易见,我们把您从龙虾秘密基地救出来的时候,不小心暴露了迦楼罗基地的位置。”方先生看着阿宏,“来吧,证明您就是救世主的时候到了。”

“我该怎么办?我什么都不会啊。”

“事情发展得确实有点快,但您是迦楼罗选定的救世主啊,到时候您自然知道该怎么办。”

“可是……”

“没有人可以教救世主如何去拯救世界。”方先生昂首大声道,“大家跟我来。”

容不得阿宏多犹豫,方先生带路,在众人的

簇拥下，他脚步踉踉跄跄，踩着五彩祥云一般来到一间观察室。

观察室能容纳五十人，布置有排列整齐的圆形桌椅，桌面摆着水果和饮料。一侧墙壁全部是玻璃，透过它，下方的迦楼罗指挥中心尽收眼底。

指挥中心是一座可以容纳数百人聚会的圆形大厅，被彻底改造过，见不到一丝天然溶洞的痕迹。中间是一台巨大的空气显示屏，至少30米长，20米宽，20米高。阿宏相信自己的估算。这玩意比皇家玛丽号上的大多了，大到超乎想象。四周是三圈操纵台围绕着它，数十名身着丛林迷彩服的士兵在操纵台上忙碌。各种口令，此起彼伏。

众人都站在玻璃墙边俯瞰。方先生叫道："维科中校，汇报情况。"

一名肩章与绶带特别显眼的军官从空气显示屏下方的指挥椅上站起来，答道："报告方先生，一艘龙虾天空母舰出现在迦楼罗基地上空，并释放出350架各型无人机，对基地进行袭击。我方派出220架无人机迎战，双方已经交战五分钟。”

“战况如何？”

维科回答：“龙虾无人机群有母舰的支持，我方处于下风。目前已有45架我方无人机被击落。”

阿宏的注意力全都在空气显示屏上。红绿蓝三色光从三个角度投射到上面，交织出一幅立体而且颜色格外饱满的画面。画面所展示的，正是两大机群在夜空之中鏖战的情景。它们的速度都快得惊人，造型也相差无几，阿宏几乎无法分辨哪些是龙虾的，哪些是迦楼罗的。只见无人机上下翻飞，彼此对冲，时而开火，时而躲避对方的攻击，不时有火星迸出。

“维科，把你的指挥权交给他。”方先生命令道。

“他就是救世主？”维科仰望观察室，隔着玻璃，阿宏也能感受到他深深的怀疑。

“不要怀疑我。执行命令。”方先生强调。

观察室左侧，有一条步梯通向指挥中心。在众人复杂的目光里，阿宏走下步梯，走进指挥中心。

维科把阿宏带到指挥椅旁，叫他坐下。“需要你开放植入系统的全部权限，也需要你接受迦楼罗的全部管辖。”维科说。他身材颀长、精瘦、干练，典型的军官形象，眼神里却有几分促狭，似乎准备看阿宏闹笑话。“整个过程会有几分刺痛，正常。”

“会有什么管子或者锥子插进我的脑子吗？”

“你说的那种早就被淘汰了。”维科解释说，

“戴上这个头盔——非侵入式脑机连接装置，躺下就可以了。”

阿宏戴上头盔，有种黏液从头盔的缝隙中渗出来，与他的头皮紧贴在一起。起初有些凉凉的感觉，但很快就感觉不到黏液的存在了。

阿宏又问：“作战的都是无人机？”

提问可以缓解阿宏的焦虑，但维科显然已经失去耐心了：“无人机的速度随随便便就可以达到七倍音速，如果有人类驾驶员，早就变成一摊脓血了。”

一连串的权限申请出现在皮肤显示屏上，阿宏全部勾选，确认了一次。因为太过重要，植入系统——植入身体的那些智能玩意的内核——又要他确定了一次。他躺到指挥椅上，面罩掀下来，盖住了整张脸。他对身体的感知渐渐模糊，一阵“正常”的刺痛之后，他完全感觉不到身体的存在,他的意识扩展到了整个指挥中心,仿佛指挥中心才是他的身体。他有些茫然地审视着自己的新身体，意识到自己其实是飘浮在指挥中心上方,俯瞰着大厅里的所有设备和所有人。那个坐在指挥椅上的是谁呢?熟悉,又如此陌生。一丝恐慌在心底泛起,他成功地抑制住了它。不能让维科看笑话。这跟皇家玛丽号上的电脑系统“蜘蛛”是一样的,只是功能更加强大而已。他这样安慰自己,并且把注意力转移到指挥大厅站立诸人的面容上。他们此时的表情极为复杂,值得玩味,但他的意识已经进一步扩散开来。

他向上飞升,飞出覆盖迦楼罗基地数百米的岩层,飞出地表薄薄的一层绿色植物,飞上黎明之前空阔辽远而寂静的天空。但这其实是错觉,下一纳秒,海量数据汹涌而入,宛如岩浆瀑布毫无阻滞地流入大海，他的脑子陡然间沸腾起来，变得无比炽热，无比喧嚣。

他木然地想：必须找点事情做，具体的事情。

一架前端是滑翔弹头，机身是双乘波体一体化布局，机翼后翘，机尾雕着龙虾标识的无人机在他前方飞过。他想消灭它，就近找了一架迦楼罗无人机，也是双乘波体一体化布局，控制它，去追逐那架龙虾无人机。在一阵加力猛追之后，龙虾无人机进入射程。阿宏操纵迦楼罗无人机开火，倾泻出数十发穿甲弹与高爆弹。对方一个巧妙的侧翻，避开了这一轮足以致命的攻击。他正感叹于对方反应之迅速，就觉得一阵刺痛从脑髓深处传来。下一纳秒，他被系统强行踢出来，然后目睹那架迦楼罗无人机尾巴冒着火，呜咽着，旋转着掉落。

他有些庆幸，又有些后怕。如果不是被系统踢出来，无人机撞击大地时我还在里边，结果会怎样？

他茫然地注视着眼前的一切，感觉与他们有一种深深的隔膜。就像潜入水中，隔着水体，看到和听到岸上的动静，一切都变得扭曲而不真实。

又一架迦楼罗无人机在他跟前爆炸，化作一朵红蓝相间的烟花。

我要死了！他惶恐地意识到。

05

不能再这样下去了。他摇着不存在的脑袋，不无恐慌地想。他看着眼前来来去去的色块，忽闪忽闪的光斑，起起伏伏的线条，忽然间意识到这样的场景曾经见过。

而且见过很多次。

一种莫名的熟悉感包围了阿宏。这让他的内心趋于平静。他环顾指挥室，这里就像皇家玛丽号的中心控制室。他意识到，他不需要操控单独一架无人机去战斗，不需要考虑单独一架无人机的得与失，这样计较细枝末节，只会导致在整个战局中被动挨打，畏首畏尾。

想明白这一点，阿宏变得欣喜乃至兴奋。他把注意力从单独的一架架无人战斗机上抽离，将它们连同对手都弱化为一个个不带感情色彩的编号，由此成功地从更高更辽阔更立体的角度，审视整个战场。

若不考虑情报支援，这个空中战场长300千米，宽200千米，高4千米，误差不超过5%。迦楼罗这边是红色编号，龙虾那边是蓝色编号。数百个编号在三维空间里上下翻飞。

他专注地观察着，思考着，手忙脚乱已成过眼云烟。眼前的图景虽然纷繁复杂，但并非真的毫无头绪。编号来来往往，轨迹明明灭灭，敌我双方的战机宛如两群对攻的马蜂，彼此胶着、混杂在一起。阿宏闭了闭不存在的眼睛，他已经发现了一种模式。闭上眼睛是为了清空之前的印象，再睁眼的时候，他确认自己的判断是正确的。

他向着那些编号发出各种清晰的指令。这些指令或是进攻，或是防守，或是协同，或是救护，或是迂回，或是潜伏一时突然袭击，甚或是猛地前冲自我牺牲以改变整个战场的局势。那些编号，只是些没有灵魂的无人战斗机，不需要考虑它们的感受，只需要一个结果，那就是获胜，获得眼前这场空中战争的胜利。

他用口和手同时发出指令。他的指令得到了百分之百的执行。战场局势很快逆转。靠牺牲一部分红色无人机，给蓝色无人机设下一个埋伏，进入埋伏圈的蓝色无人机被瞬间击落。数十架无人机凌空爆炸，绽放为一朵朵烟花，另一些无人机呜咽着从黎明前暗淡的天空坠落。丛林深处不时传来爆炸声，浓烟像一条条藤蔓，扭转着身子，向越来越亮的天空爬升。

在另一个方向,迦楼罗损失了二十多架无人机,但无碍大局。经过一系列精心的安排,一条空中走廊被清理出来。这条空中走廊通向龙虾天空母舰。在阿宏的指挥下,五架迦楼罗无人机向龙虾天空母舰发起了自杀式进攻。一架无人机刚出发就被击落,两架在中途被龙虾天空母舰的近防炮打成了碎片,两架到达预设的攻击位置。其中一架炸开了龙虾天空母舰的壳体,另一架从那个洞口飞进去,引爆了机身上的所有炸弹,摧毁了龙虾天空母舰的雷达与通信系统,迫使它只能狼狈地退出战场。

“结束了吗?”阿宏退出指挥系统,睁眼就看见方先生热切的目光。

不知何时,方先生已经从观察室走到了指挥中心。他问:“救世主,您接受过空中作战指挥的训练吗？”

“没有。”这是实话。“我只是把赌船上的……”不等阿宏解释，方先生已经站起身朗声说道：“大家看到了吗？救世主没有接受过任何军事指挥训练，这是他指挥的第一场战斗，就能挽狂澜于既倒，以一人之力，打败整支龙虾军队的进攻。这不是救世主还是什么？”

那群人沉默着，谁也不愿意先表态。和尚打破了沉默：“这种事情，似乎没有多少说服力啊！”他的说法引起了不小的共鸣，但众人都没有发表意见。

这时，有一个士兵冲进了指挥中心，一路跌跌撞撞。

“怎么啦？没规没矩。”维科责问道。

来人冲到方先生跟前，哽咽着吐出一个名字：“艾莲娜……”

"艾莲娜怎么啦？"方先生语带咆哮。

"她的战斗机被击中了，她跳伞了，我们找到她的时候……"那人哭道，"她就要死了。"

方先生命令道："快带我们过去。"

一路急行。阿宏走得尤其匆忙。刚才他发出了不少自杀指令，让无人机发动自杀式攻击。艾莲娜驾驶的战斗机会是其中一架吗？无人机中怎会混入了有人机？为什么没有告诉我？

带路的士兵打开了一扇门，艾莲娜躺在床上，脸上扣着呼吸面罩。见有人进来，她艰难地转动了一下脖子。

方先生走过去，摘下艾莲娜的呼吸面罩："感觉怎么样？"

艾莲娜没有回答，而是奋力扭转脖子，定定地看着阿宏。"阿宏。"她用几不可闻的声音呼唤着他的名字，"承担起你的责任来。"

阿宏不知道该说些什么,嘴唇嗫嚅着,却没有声音发出来。

艾莲娜勉力笑了笑,随即闭上了眼睛。附近一台机器叫喊起来:“警告!警告!病人失去所有生命体征!”

“她死了。”方先生宣布,语气低沉。

和尚凑过去,观察了片刻,说:“她死了。”

方先生挪步到阿宏身边。“救世主,您不该做点什么吗?”他压低声音说,眼神里含着某种暗示和期待。

阿宏踌躇着,心底有一个声音在命令他。最后一次,那个声音如是说,是你害死了她。他端详着她惨白至极的脸。在褪去了所有的光环之后,她是如此普通、宁静而安详。他发现她鼻梁左边有一颗他之前没有注意到的小小的痣,忽然意识到认识她不过短短几个小时,感觉却有一个世纪那么长。他不再犹豫，走上前去，俯下身子，吻了吻艾莲娜紧闭的嘴唇。

那嘴唇冷得像冬眠中的蛇。

阿宏在心底打了一个冷战，但表情依然保持不变。他直起身子，分开围观的人群，走向外面。

没走两步，身后传来一阵骚动，混合着沉重的喘息与低声的惊呼。“她活过来了！”那个装了一只机械手臂的女人说。她把这句话重复了三遍。阿宏转身，看见艾莲娜的眼睛微微睁开，惨白的脸色竟在短短的几秒钟里变得潮红。

“救世主！他果然是救世主！”和尚惊呼。这话宛如石头丢进平静的湖里，漾起的涟漪在人群中迅速传播开来。

“救世主！”少年喊道，脸上洋溢着兴奋，“死而复活！”

“我相信，您就是大家期盼已久的救世主。我相信您。”彪形大汉阔步走到阿宏跟前，朗声说道，“我尼罗鳄，还有我麾下的十万名鳄鱼战士，从此就跟定您了。”

“我佛慈悲，帕朗塔布寺愿意听从您的调遣。”和尚说。

“在下杜推芝，”脸上有烧伤疤痕的女子拱手道，“凤凰战队是您的了。”

到底发生了什么？我怎么就成了救世主？阿宏心中泛起阵阵疑惑，来不及表达，就已经被这伙人团团围住。

06

成为救世主后，阿宏觉得所有人看自己的眼神都变了。毕恭毕敬是程度最轻的，诚惶诚恐是最常见的，最夸张的是有个来自印度次大陆的人恨不得趴到地上舔他的脚趾。一伙人中，对阿宏最为热忱的是少年拉梅什。拉梅什只有十六岁，是童子军派到迦楼罗基地的观察员。他对自己人极为严苛，动辄打骂，对阿宏却异常热情，不但鞍前马后，提供了很多便利，还告诉了阿宏很多秘密。阿宏意识到，他的思想远比他的年龄更为成熟。

从拉梅什嘴里，阿宏知道了反抗神圣秩序的力量除了迦楼罗，还有很多。当时到机场迎接阿宏的二十多个人都和拉梅什一样，是各个反抗力量派驻迦楼罗基地的观察员。方先生到各个反抗军队里宣讲，说单个力量不足以反抗神圣秩序，必须结成联盟，而迦楼罗已经找到了传说中的救世主。在救世主的领导下，反抗力量汇集成前所未有的强大洪流，足以摧枯拉朽一般推翻神圣秩序，创建鲜花处处的人间天堂。对于这种说法，多数人都嗤之以鼻。在方先生的反复游说下，各个反抗力量都派出观察员，到迦楼罗基地看看。“就是看看您是不是真的救世主。”拉梅什最后说，“您所展示的神迹，令人折服。没有人不相信您就是那个大家寻找了很久的救世主。”

神迹？阿宏莫名其妙。我怎么就成了救世主呢？

阿宏向方先生求助。

方先生说:“您相信自己是救世主,当然是好的。倘若您不相信,也无所谓。因为神迹就摆在那里,不增不灭。只要他们相信就行。他们相信了,反抗神圣秩序的力量才能汇集在一起,形成合力,共同实现伟大目标。”

“他们相信了吗?”

“他们相信了。”方先生说,“结果您很快就会知道。”

当然,这个结果再快也不可能两三天就出现。

“必须先等等。”方先生说,“耐心是美德,等待出奇迹。”

在等待中,阿宏往艾莲娜的病房跑了好几次。

艾莲娜死而复活的消息在基地里传开后,她的病房就成了朝圣之地。面对满屋子的鲜花和礼品，艾莲娜解释说，这些其实都是送给阿宏的，因为太过敬畏，他们不敢送到阿宏跟前，只好送到这里来。迦楼罗基地的人中，只有艾莲娜坚持叫阿宏的名字，别人都像方先生一样，叫他救世主。对此，阿宏觉得这是一种特殊的待遇。

起初艾莲娜说不了多少话，身体还很虚弱，到了第二天，竟然能下床行走。医务兵惊呼，这是生命的奇迹，不愧为救世主复活过的人。第三天晚上，艾莲娜约阿宏一起吃饭。阿宏讶异之余，欣然应允。

吃饭的地方在迦楼罗基地的一处供高级军官享用的餐厅，规模不大，胜在有隔音功能的玻璃门，非常清静。艾莲娜要阿宏点菜，阿宏拒绝了，说："我对这不熟悉，不知道什么菜好吃。还是你来点吧。"

"有什么禁忌或者偏好吗？"

"没有,我什么都能吃。"这并非实话。但面对电子菜谱上满满当当又陌生无比的菜名,想要从中进行挑选,对阿宏来说确实不是一件简单的事情。"都交给你,你做决定就好。"

艾莲娜没有坚持,又问阿宏喝不喝红酒,在得到肯定的答复之后,她低头在电子菜谱上勾选几下就完成了点菜。

菜上来,半杯红酒下肚,两人边吃边聊,话渐渐多起来。

艾莲娜说:"我听说你喜欢掷骰子来决定自己的下一步行动。"

"我本身并不喜欢掷骰子。"阿宏答道,"之所以掷骰子帮助我做决定,是因为我有选择恐惧症。"阿宏没有跟别人说过这事,但他清晰地记得在面临选择时自己内心的感受。如果只有一条路可走,还好办,照着走,就行了。一旦有多条路可以选择,他会立刻恐惧起来,恐惧他的选择是错误的,恐惧错误的选择会带来错误的结果。“有人告诉我,其实并没有选择恐惧症这种病,选择恐惧症其实是害怕承担责任的表现。我承认这种说法很有道理,但我就是无法克服面临选择时的恐惧心理，就像多数人无法战胜对蛇的恐惧一样，虽然他们并没有被蛇咬过。”

“怕蛇是本能。”艾莲娜说,“你没有接受过任何指挥训练,第一次指挥迦楼罗无人机机群迎战龙虾机群就大获全胜,也是一种本能吗？”

“不是。”阿宏回答,“你知道的,在来这之前,我在一艘赌船上工作。”

“皇家玛丽号。”

“是的。”阿宏点头,“上赌船的人都不是什么良善之辈。形形色色的赌徒来到赌船,目的只有一个:赢钱。没有哪一个赌徒会抱着输钱的目的上赌船。但具体分析起来,赌徒与赌徒还是有所不同的。

“从赌徒购买皇家玛丽号的船票起，船上的电脑系统就开始搜集他们的资料。这个电脑系统我们都叫它‘蜘蛛’。如今,一个人还在子宫里的时候,就接受各种检查,所有检查结果,都在医疗系统的数据库里保存着。其他事情,上学、工作、娱乐、旅游、购物,诸如此类,同样如此。网络成了每一个活人,还有死人的外存。它记得我们记得和不记得的所有事情。‘蜘蛛’要做的,就是顺藤摸瓜,把这个赌徒的全部资料从网络的各个角落扒拉出来。这事听起来难,但对‘蜘蛛’来说,非常容易。搜集、整理、分析、评判,一气呵成。

“这还不算完。等赌徒上了皇家玛丽号,他的一言一行就在‘蜘蛛’的监控之下。别说手指的颤抖、鼻翼的翕动、眼角的收缩这些细微的表情变化，就连心脏的搏动、肝脏的效率、肾脏的强弱，都在监控范围之内。结合之前搜集的资料，'蜘蛛'完全可以推测一个赌徒下一分钟甚至下一小时会说些什么，做些什么。毫无疑问，这就是传说中的预言。

"'蜘蛛'会罗列出好几个预测结果，每一个结果后边附上变成现实的概率，这个概率，也会根据当前的情况随时发生变化。'蜘蛛'的功能强大，会为每个赌徒建立完整的数据档案并进行个体行为预测，再通过边缘计算模式，分析相关群组，去除个体偏差，建立包含了整船所有赌徒的完整的预测模型——一张群体预测的网络。

"'蜘蛛'有数个大小不一的显示屏，你可以随时查询任何一个赌徒的现状和对他未来一个小时的行踪预测。当然，对赌船而言，最重要的预测都是关于赌局，关于输和赢，关于筹码的来去与资金的流动的。”

阿宏掰着手指数道:“哪些赌徒即使输得倾家荡产也不会皱一下眉头,哪些赌徒无论输赢都要上蹿下跳鬼哭狼嚎其实只是为了引人注意,哪些赌徒需要在最后关头留几分吊命钱好下次再来,哪些赌徒非常谨慎会小心地给自己划定底线输了多少钱赢了多少钱就走人,哪些赌徒不会赢了钱就收手从而安排他多赢一些钱让他把赌钱致富的故事对外讲了一遍又一遍,哪些赌徒看淡输赢更陶醉于赌局的不确定性所带来的强烈无比的刺激,哪些赌徒是抱着玩一玩的心态来见识豪华赌船是怎么一回事的,又有哪些赌徒是下定拼死一搏的决心把全家老小的性命都带上赌船的……

“不得不说,这最后一种赌徒是最可怕的,却又是最容易预测的,因为他通常只有一条路可以选择。

“说来好玩，最初研制‘蜘蛛’系统的目的是预防有人在赌局中作弊。通过监控赌徒们的微表情与肢体语言，很容易发现其中的作弊者。算法稍微改进，就可以推测出哪些赌徒作弊的可能性更大，并进行重点监控。因为揪出了好几个隐藏已久的作弊高手，皇家玛丽号在业界声名鹊起，由此吸引了源源不断的赌徒到来。但皇家玛丽号很快就不满足了。一群天赋异禀的程序员和工程师被雇用来对‘蜘蛛’系统进行改进。经过好几年的奋斗，‘蜘蛛’系统终于达到了皇家玛丽号主管的要求。试运行后效果良好，小有漏洞也很快补上，臻于完美。

“‘蜘蛛’负责预测，还得有人负责根据‘蜘蛛’的预测安排赌局。我就是那个在皇家玛丽号上负责安排赌局的人。在不动声色中，让一些人一夜暴富，让另一些人一局赤贫，让一些人先赢后输，让另一些人先输后赢，整个过程通常一波三折，极富戏剧性，但总的目的就是让皇家玛丽号从任何一场赌局中获取最大的利益。”

艾莲娜一直在默默倾听，这时插嘴问道：“安排赌局的时候你怎么就没有选择恐惧症呢？”

“没有。”阿宏的答复很肯定，“这个我已经干了六七年了，一点也没有受到选择恐惧症的困扰。因为是替别人选择，所有的结果，都是别人来承担。那些赌徒，只是不相信自己会输，不相信自己的运气会一直差下去，想赌一把而已。”

“可是，我还是不明白，”艾莲娜面露困惑，“安排赌局与指挥空战之间是怎么联系起来的？”

“看上去有很大的不同，其实模式是一样的。”阿宏说，“无人机就是不要命的赌徒，每一次对战就是一场赌局，无人机的轨迹就是‘蜘蛛’对赌徒的行为预测。我不在乎赌徒的命运，也不在乎每一场赌局的输赢,我只需要保证迦楼罗基地或者皇家玛丽号获得最大的收益。”

艾莲娜思虑了片刻:“真棒。我怎么就没有想到这一点呢?”

阿宏觉得脸有些发烫，连忙低下头去掩饰，却已经被艾莲娜发现了。“哈哈,听到表扬居然脸红了。难得难得。”艾莲娜说,“很久没有见过会脸红的男孩了。”

“我不是……”阿宏略微尴尬地辩解道,“我已经二十五岁了。”

“意思是说,你已经是个大人了?”艾莲娜上身前倾,凑近阿宏。她今天穿的是件贴身的军用休闲服,与兔子装相比,显得格外英姿勃勃。“可以不经父母同意,跟女生约会?”

“我不是那个意思。”阿宏呼吸急促。

“那是哪个意思?”艾莲娜嘴角的笑意味深

长，似乎洞悉了阿宏内心的一切想法。她坐直身体，用右手撑住自己的下巴，灯光下，能隐隐看见她鼻梁旁边浅色的痣。“对方先生，你怎么看？”

“很擅长演讲。”

“你不觉得吗，方觉晓说了很多话，但细细琢磨，除了空洞的说教，什么实质性的内容都没有。比如，就连神圣秩序到底是什么，他都没有讲清楚。”

“哦。有这样的感觉。”阿宏咂摸着艾莲娜的话。艾莲娜是在引导我怀疑方先生吗？“到底神圣秩序是什么？”

“你的手。”

“什么？”

“双手拿出来，掌心向上，搁桌子上。”

虽然不明白艾莲娜的用意，阿宏还是照做了。

艾莲娜伸出双手，分别抓住了阿宏的双手：“神圣秩序可能是一切。”又翻转阿宏的双手，掌心向下：“也可能什么都不是。”

“什么意思？”阿宏茫然地望向艾莲娜，期待得到更为明确的答复。

但艾莲娜微微一笑：“自己想。”她伸手拍拍阿宏的肩膀：“谢谢你救了我。”说罢抽身离开，只留给阿宏一个绮丽的背影与若有若无的念想。

07

来到迦楼罗基地的第七天，尼罗鳄来找阿宏。“拉梅什到处跟人说，你要复活他的妹妹？”他劈头就问。

“什么？”阿宏疑惑地反问。他正要出门，被尼罗鳄堵在了门口。

“他妹妹都死了好几年了，我听说，已经火化了，你还能复活她？”

阿宏摇摇头：“我不知道，我也没有答应要复活拉梅什的妹妹。”

尼罗鳄粗声粗气地说:“拉梅什在你跟前献殷勤,不就是想让你复活他的妹妹嘛。”

“我没有说要复活拉梅什的妹妹。”阿宏把这句话又重复了一遍。

“要是你真能复活的话,帮帮我。”他的声音突然低沉了下去,“我的妻子,她在与龙虾特工的战斗中牺牲了。我没有火化她,而是把她冷冻起来,在液氮的棺材里,就是指望有一天出现神迹,她能够……能够复活。”

说到最后,尼罗鳄竟有些哽咽。看着这么壮实的汉子面容悲戚,阿宏心中隐隐作痛。“我不知道……”他想说我也不知道怎么复活一个死去的人,但思绪纷乱,竟然没有把那句话说完整。谁料,尼罗鳄立即接过话头,说:“我知道,我愿意等待。等待机缘的降临。”说罢自顾自离开。

阿宏出门去找方先生。方先生这段时间格外

忙碌，阿宏已经好几天没有见过他了。维科说方先生去了好几个反抗军基地，签署了一系列联合作战协议，“马上就会有大事情发生”。

一路上，阿宏察觉到新增了很多人，原本有些空旷的迦楼罗基地现在摩肩接踵，竟有人满为患的感觉。拉梅什所在的兵团，按照协议，已经有一千人入驻了迦楼罗基地。“我们老大说了，往后还要来三万人。”他说，“有救世主指挥，无往而不胜。”凤凰战队和帕朗塔布寺全都来了。鳄鱼军团也有一万人入驻。还有好几支反抗军也要来。“论装备，鳄鱼军团是最好的。”拉梅什羡慕地说，“每名战士都有一套功能强大的动力外骨骼。”

几名鳄鱼军团的战士在远处双手合十，向阿宏致意。他们身穿暗绿色的动力外骨骼，造型酷似鳄鱼。新来的这些人，对阿宏的态度多数都与鳄鱼军团相似，礼敬有加，但都谨慎地保持着距离。偶有狂热的质疑者与崇拜者，都被拉梅什挡住了，这让阿宏颇为感激。保持距离是好事，挡住狂热者更是好事。他向来不知道如何与陌生人交流，更不要说与那些思想和行为都很极端的人相处了。

方先生独自一人坐在观察室里。下方的指挥部非常安静，只有少数几个人在值班。全息投影关着，空气显示屏上没有任何画面。也不知道为什么，上次龙虾特工入侵失败之后，就偃旗息鼓，没了动静。阿宏隐隐有些不安。也许真如拉梅什所说，“马上就会有大事情发生”，而这只是暴风雨之前的宁静。

“方先生，我有问题想问你。”阿宏开门见山，“这几天我一直在琢磨，神圣秩序到底是什么。”

“不要去管神圣秩序到底是什么。是黑暗组织，是死亡军团，是量子寰球网，是外星降临者，是蜥蜴人操控的世界影子政府，抑或是九大富豪组织的骷髅会，都不重要。重要的是，我们要紧密团结在救世主的周围，推翻神圣秩序。”

“您这种说法，跟不说有什么区别？”阿宏气呼呼地说。

“哦，我们的救世主生气了。”方先生调整了一下坐姿，“知道虚实合一技术吗？”

“知道。”阿宏答道。

大约五十年前，许多新兴技术涌现出来，每一个看上去都光鲜亮丽，前途无量。但经过一番激烈的竞争，偶然与必然的因素同时作用，最后胜出并再一次改变世界面貌的是虚实合一技术。虚实合一技术集虚拟现实、增强现实、混合现实、扩展现实于一体，在人工智能、量子计算、神经科学、脑机工程、超大数据等技术的加持下，将网络世界与现实世界完美地融合在一起。在网络世界的操作，会得到现实世界的回应；在现实世界的活动，也会同步更新到网络世界。

“是网络世界彻底覆盖了现实世界，或者是现实世界完美入侵了网络世界，随便你怎么理解。结果都一样，网络世界与现实世界已经合二为一，虚实一体，再也无法一刀两断，截然分开。”阿宏读过这段历史的文章，结尾这样写道，“在虚实合一的世界里，人不再是孤岛，而是成为连接网络与现实的节点，既是虚实结合技术的制造者与使用者，也是虚实结合技术的一部分，被裹挟着，不由自主、漫无目的地运转着。”

“这个虚实合一，就是神圣秩序。当然，你也可以叫他盘古、奥丁、帝释天或者宙斯。就是个名字，叫什么不重要。”方先生说，“把它理解为知晓并掌控一切的力量就好。”

阿宏双腿发软，就近找了个位置坐下：“知道为什么我喜欢用骰子帮助我做出决定吗？”

“不是因为你有选择恐惧症吗？”

“不，选择恐惧症只是答案的一部分，但不是全部。”

皇家玛丽号上的主控电脑“蜘蛛”的能力还是有限的，它能够监控、分析和预测的最大个体数是999个，它最多能预测监控对象一小时内的行动。这对一艘赌船来说，绰绰有余。然而，赌船之外呢？会不会有比“蜘蛛”功能强大数万倍的某种超级电脑，能够监控、分析所有人并且能预测其一天、一周、一个月乃至一年的行动呢？

“赌船上的胜负由我操控，赌船之外的世界呢？有没有人在操控？又是谁在操控呢？”阿宏对方先生说，“只要离开皇家玛丽号，我就如芒刺在背，老觉得有人在暗地里监视我，分析我，预测我，操控我。我不知道他们是谁，只是无端地觉得他们就像是坐在黑暗角落里，面目模糊的傀儡师，而我是众多提线木偶中的一个，无知无识，只会盲目地听从他们的安排。这种感觉一度令我崩溃。在城市街边，绿灯亮起时，我甚至不知道该先迈哪一只脚，到底先迈哪一只脚是出于我自己的选择，而不是基于他们在暗地里的操控。当初您说我是救世主，要我从神圣秩序中拯救世界，我没有骂您是神经病，一脚把您踢开，是因为您说的这些，我早有怀疑。”

“怀疑是一粒可以长成参天大树的种子。”方先生说，“您的怀疑让您成为推翻神圣秩序的救世主。”

“那么，龙虾特工就是神圣秩序的维护者？”

“是的。老 P 是个非常无趣的人，对龙虾有着特殊的偏好，总觉得龙虾的社会结构对人类社会有指导意义。”

“听上去您和老P很熟悉啊。”阿宏有几分疑惑，“在龙虾基地里，他审讯我的时候，特地骂了您一通。”

“没错。我们曾经是战友。”

阿宏瞪着方先生：“什么？”

方先生补充说：“只是现在站在了对立面上。”

阿宏凝神看着方先生的表情，但方先生面沉似水，并没有让阿宏看出什么来。

然而怀疑是一粒可以长成参天大树的种子：有毒且顽强，一旦种下，就将无穷无尽地滋生，掐灭一次，滋生一次，掐灭一次，滋生一次，直至长成参天大树，把大地和天空，还有周边的一切，甚至包括它自己，通通毒死……

阿宏心中忐忑，担心表情暴露了自己的真实想法，于是找了个借口，起身离开。

在要到住处的一条走廊，维科伫立在那里等

他。看见阿宏过来，维科上前说："有人托我带一样东西给您。"

"是谁？"

"他说您见到东西就知道他是谁了。"维科说着，把一个小包递给阿宏。

阿宏撕开小包的密封口，从里边抖出一粒金骰子，正是他在列车上遗失的那一粒。"老P，他在哪里？"他用拇指、食指和中指捏着骰子原地转了两圈。

"他说，您很快就会见到他了。"

话音刚落，阿宏就听见迦楼罗基地四处警铃大作。

08

“抱歉,我要去指挥作战了。”维科从阿宏身边挤过去,若不是阿宏及时侧了一下身子,他就会和维科结结实实地撞在一起。阿宏觉得,维科肯定是故意这么做的,因为走廊很宽,维科完全可以从远离他的地方走过。维科为什么要这么做?还有,维科为什么要替老P带东西?阿宏来不及细想,就看见数名指挥员从各个通道奔向指挥室,他赶紧后退半步靠在墙壁上,让一些人从他的鼻尖前跑过。咚咚咚的脚步声,比他的心跳还要猛烈,还要急切,还要凌乱。

“救世主,方先生请您到观察室。”拉梅什冲出人群,对阿宏说。他转身,逆着汹涌的人潮,高举双手在空中挥舞,同时大喊“救世主来了,让开让开”,竟在混乱中开出一条路来。阿宏跟着他快步走回自己刚刚离开的观察室。

此时观察室里有十多个人。阿宏认识其中一半,艾莲娜、尼罗鳄、杜推芝等。另一半应该是新来的,阿宏没有见过他们。每个人都用不同的目光看着他。他冲艾莲娜点头示意,后者回以浅笑,他觉得眼睛仿佛被粉色的拳头击中,整个世界都变成粉色的了。

方先生背着手,伫立在玻璃墙边,眼望下方。他光秃秃的脑袋在灯光的照射下格外浑圆,仿佛刚剥开的鸡蛋。他忽然转身,面向众人。在他转身的同时,玻璃墙变得不透明,将指挥中心的一切都遮蔽起来。“我们中间，出了一个叛徒。”他厉声说道，“此次龙虾军团大规模来袭，正是这个叛徒告密的结果。”

“那叛徒是谁？”和尚恶狠狠地说。

方先生的目光扫过眼前众人，最后停留在尼罗鳄脸上。“你！”方先生说，“你出卖了我们！你这个叛徒！”

周围立刻吵嚷起来：“这不可能！”“真没有想到！”“怎么是他！”“我就知道尼罗鳄有问题！”“为什么？你为什么要出卖我们？”“可耻！我最恨叛徒！”

尼罗鳄脸涨得通红，大声吼道：“我没有出卖大家！我不是叛徒！”

方先生说：“我有大量的证据可以证明你就是叛徒。”

尼罗鳄取下肩膀上的突击步枪，枪口直指方

先生，厉声呵斥："别想冤枉我！"

尼罗鳄身边的人全都散开，与他保持距离，但也有人靠得更近了。好几个人拔出枪来，一场内战即将爆发。

眼见局势要失控，阿宏赶紧喊道："别急，大家别急。把枪收起来。"但没有人响应救世主的命令。阿宏又对尼罗鳄说："你先动的枪，你先收枪。大家都是自己人，有话好好说，不要动刀动枪的。"

尼罗鳄迟疑了一下。"我不是叛徒。"说着，他放低了枪口。这时，他身旁的三个人突然暴起，一人抢枪，另外两人合力控制尼罗鳄。尼罗鳄力气颇大，两个人控制不住，拉梅什上前，怒喝一声"叛徒"，猛击他的小腹，使他瘫倒在地，无力反抗。在此之前，阿宏还不知道拉梅什有这样大的力气。

阿宏忽然意识到，似乎是因为服从了自己的命令，尼罗鳄才被抓的。然而，这其中好像有什么隐情？阿宏求助地望向艾莲娜，但后者只是淡然地看着这一切，没有作声，也没有别的举动。

“把这个叛徒带走。我不想再见到他。”方先生命令道。

刚才伏击尼罗鳄的三个人在他的脖子、手腕和脚踝分别套上镣铐，然后将他推搡着带离观察室。阿宏看见尼罗鳄的眼睛里充溢着疑惑与愤怒。这样的人，会是叛徒吗？他望向方先生，期待方先生拿出尼罗鳄是叛徒的证据。

“我生平最恨三种人，一是叛徒，二是叛徒，三还是叛徒。”方先生说。

“我也是。”拉梅什附和道，“叛徒比敌人更可恶，更可恨，也更可怕。”

“所以，在迎战龙虾军团之前，我们要先处理叛徒。不定什么时候他就会在背后捅你一刀,简直防不胜防。”方先生停顿片刻,似乎在思考着什么,“此次龙虾军团大举来犯,大家不必担心。一来迦楼罗基地由于有诸位的加入，实力大增;二来救世主就在我们身边,相信他一定能够展现神迹,带领我们再一次打败龙虾军团的进攻。”

无数道目光倾注到阿宏脸上。他想说些什么,却终究什么都没有说出口。有什么东西硌着他的右手,令他感到有些疼痛。隔了好一会儿,他才反应过来，那是过度用力捏那枚金骰子的结果。

玻璃墙再度变得透明,下面的指挥中心一片忙碌,巨大的空气显示屏上,无数的线条、色块还有数字来来去去,起起伏伏。

“大家在这里继续观战,我去指挥作战。”方先生说着,转身离开。

艾莲娜跟在方先生身后。路过阿宏时，她对阿宏耳语道："自己当心。"在阿宏明白过来，回以"你也是"之前，她已经悄然离去，消失在观察室门口。

有那么一阵子，阿宏的心思全被艾莲娜的面容和声音还有自己迟钝的反应占据。"自己当心"，说明她在意他，而"你也是"的回复是多么蠢笨啊！完全可以有更好的回答嘛。甜蜜与自责的感觉在他体内回转，前者带来热意，后者带来冷意。一热一冷，反反复复，他竟忘了现实。

直到一队持枪士兵冲进了观察室。士兵们都穿着鲜红的动力外骨骼，像极了某种节肢动物。两大块整体打印的胸甲护卫着上半身，胸甲中间嵌着一块巴掌大的椭圆形护心镜。腹甲由数小块会挪动的金属用丝线串联而成，随着士兵的跑动不停地翕动，仿佛正在呼吸。他们怀里抱着螯肢一般的黑色武器，在鲜红的护甲映衬下，显得异常可怕。

“龙虾战士！”和尚第一个叫了出来。

有四个观察员带了武器，但没等他们拔出枪来，就听密集的突突声响起，四个观察员已经躺倒在地。

这骤起的变故，总算把阿宏从自怨自艾的幻境中唤醒。怎么会变成这样？他吃惊地发现，身边那些观察员都以一种奇怪的目光看着自己。

“大家都在，不错不错。”一个声音说。

循声望去，老P从龙虾战士的队列中诡诡然走进来。和上次一样，他穿着黑色西装，胸配龙虾标识，墨镜遮住了大部分脸，脑后的头发紧贴头皮，梳得纹丝不乱。

“救世主，又见面了。”老P走到阿宏跟前，摘下墨镜，紧盯着阿宏的脸，皱缩的褐色眼睛放射出冰冷的光，就像两把锋利的弯刀，想从他的脸上一直挖到他的心，“我很想知道，当救世主是什么感觉？是不是觉得自己特别伟大？可以拯救整个世界？”

阿宏没有说话。

老P的嘴角忽然不受控制地抽动两下。他迅疾戴上墨镜，说：“我饿了，好饿啊。你饿吗？饿就一起吃吧。”

说话间，两名龙虾特工送进来一张折叠玻璃桌、一把藤条椅，摆好。在老P坐到藤条椅后，又有两名龙虾特工端上来一盆热气腾腾的龙虾。空气里顿时充斥着又麻又辣的味道。阿宏感觉自己的喉咙不由自主地抽动了两下。周围也传来浅浅的吞咽之声。

“啊！龙虾，我的最爱。”老P说，“还是麻辣味的。”

他搓了搓手，从通红的盆子里挑了一只龙虾出来，熟练地剥开，翻找着壳里的肉，塞进嘴里。只见他手和嘴配合默契，很快便干掉了一只龙虾，将空壳扔到玻璃桌上，又去挑第二只。

老P这是在干吗？阿宏想。这时，和尚向他使了一个眼色。他朝和尚所指的方向望去，透过玻璃墙，看见下方指挥中心里，所有的迦楼罗指挥员，包括维科中校，都一动不动地伫立着，仿佛被施了定身咒一般。奇怪的是，指挥中心并没有见到龙虾战士的身影。那他们为什么会这样听话？空气显示屏上，线条、色块和数字还在不停地变动，但阿宏不知道它们所表达的意思。他心中忽然生出一种渴望，渴望进入指挥系统，渴望……

老P忽然说："帕朗塔布寺已经被消灭了，凤凰战队也差不多了。"

和尚与杜推芝的脸色都骤然一变。毫无疑

问，在老 P 进入观察室的同时，龙虾特工和龙虾战士也在迦楼罗基地的其他地方展开攻击。在老 P 乐滋滋地吃龙虾的时候，外面正在进行生死无定的激烈战斗。

“嗯，鳄鱼军团的战斗力比预料的要强。无妨，消灭他们是迟早的事情。反正外面还要打一阵才能结束，我不妨给你们上上课。”老 P 举起手里的龙虾，晃动两下，“各位，你们为什么要造神圣秩序的反呢？”

他等待了片刻，没有等到想象中的回答，就自顾自地往下说：“现在是人类文明有史以来最好的时期，不是吗？我们战胜了瘟疫，战胜了饥荒，战胜了污染，战胜了犯罪，甚至在很大程度上也战胜了战争。是的，外面正在打仗，打得尸积如山，血流成河，但从人类文明总体而言，现在是我们从树上下来之后最为和平的年代。只要你对历史略知一二,你就不会不承认这一点:现在,普通民众离战争非常遥远,想要体验战争,必须借助小说、影视和游戏。世界从未如此美好。这都是神圣秩序带给我们的。你们还有什么不满意的？为什么还要造反呢？我就搞不明白了,好端端地过自己的小日子,不行吗？”

“因为我们是人,不甘心当神圣秩序的奴隶。”杜推芝说。

“谁告诉你的？是方觉晓吗？”老P癫狂地大笑几声,“方觉晓,该你了。你此时不现身,更待何时？”

09

在众人惊疑的目光里，方先生迈步进入观察室。与刚才离开时相比，他身上唯一的不同，就是胸前多了一枚龙虾徽章。他背着手，穿过人群，从容地走到老 P 身边。

“来一个。”老 P 递给方先生一只龙虾。

“我对虾和蟹过敏。”方先生摇头道，“你知道的。”

“这次打赌我输了。”老 P 说，“我没能说服救世主当鼹鼠。”

“我想赢的可不是龙虾。”

老P呵呵笑着，收回递出去的龙虾：“介绍一下，这是老F，高级龙虾特工。”

这话在观察室引发了一阵喧哗，仿佛一锅沸腾的水。“原来你才是那个叛徒！”和尚洪钟一般的声音在水面之上依然清晰。

阿宏忽然想起，方先生说过，他和老P曾经是战友。这么重要的信息怎么被我忽视了呢？阿宏眼前一亮，想起在从岘港到曼谷的高铁上，被老P抓住之前，他抛出了金骰子，却没有接住，那骰子掉落到地上，骨碌到座椅下面。他伏下身去找骰子，刚看见骰子在哪，老P就拖走了他。他一直认为自己当时没有看见骰子朝上的点数，然而现在，他突然间想起，他看见了，金色骰子朝上那面的点数是四。单数是相信，双数是不相信。他心中一阵刺痛，就像有一把尖刀从肋骨的缝隙直接插进了扑通扑通跳个不停的心脏里。

方先生举手示意安静，然后朗声说道：“和尚说得不对。我不是叛徒，刚才老P已经介绍过了，我是高级龙虾特工，奉神圣秩序的命令，组建迦楼罗基地。”

“建立迦楼罗基地的目的，是要反抗神圣秩序的统治，你说的。”阿宏听见自己用疑惑的语气说，“可你刚才又说，你是奉神圣秩序的命令……”

“这就是我要告诉大家的。”方先生道，“基于社会物理学的预测模型，带入超大数据分析，神圣秩序已经可以预测人类90%的个体90%的行为。但还有10%的人类个体的10%的行为无法预测。对神圣秩序来说，这些无法预测的个体就是系统的漏洞，潜伏的不安定分子，从里到外散发着危险气息，必须予以修补、重设甚至删除。于是，包含了预言、反叛者和特工在内的修补体系迅速建立起来。”

方先生负责扮演反叛者,以一则救世主预言吸引各路反抗势力。“不得不说,救世主预言虽然老套,但很有说服力。”方先生强调,“毕竟是老祖宗留下来的东西,能流传下来,就说明它的有效性。”

老P是龙虾特工的首领,扮演追捕者,目的是把反抗势力一股脑地赶到方先生身边。“你们必须承认,我这个角色虽然有些脸谱化,但也不失为一个有血有肉的反派了。”老P补充说明。

“等到反抗势力集中得差不多了,再一举歼灭。这就是外面正在发生的事情。”方先生说,“你可以称它为钓鱼,可以大喊不公平,但结果都一样,你不但有参与反叛的想法,你还真的参与反叛了。”

“既然你是假的,救世主预言是假的,那我这个救世主肯定和我无数次怀疑过的那样，也是假的。”阿宏艰难地说，“为什么选我？”

老P说：“你以为你是天选之人吗？不是的。并不是因为你天赋异禀，也不是因为你血统高贵。选你是神圣秩序随机遴选的结果。我告诉你，不管是谁来当这个救世主，都一样。阿宏可以，阿猫阿狗都可以。因为，救世主一旦选出来，剩下的就是走流程了。追捕、被救、讲解、反击、复活、认证、背叛、围歼，龙虾基地与迦楼罗基地提供一条龙服务。”

“是的。”方先生饶有兴致地补充说，“整个计划中最为困难的部分，是让这些叛军相信一个完全陌生的人是救世主。幸好在神圣秩序的安排下，尤其是卧底们的完美配合下，本次任务中的救世主认证环节，完成得天衣无缝。”

也就是说，最初看到阿宏展现神迹并拜服的

观察员当中,有好几个不是真正的反抗军。他们是方先生的手下,或者剧组成员。有的专门唱反调,发出可以控制的质疑;有的负责跳反,制造现场顿悟、改邪归正的戏剧性效果;有的起哄架秧子,营造“我们是相亲相爱的一家人”的归属氛围;有的假装第三者,用貌似公开、公平、公正的语气说出暗含引导性的话……目的只有一个:让那些真正的反抗军观察员相信阿宏是救世主。

阿宏扫视周围的观察员,观察员们也回望他。“你不是,”他听见和尚喘息着低声说,“你不是救世主。”

有什么东西在周围迅速垮塌。阿宏能清晰地听见碎裂的声音。

“大家都听明白了吗?”老P说,“告诉大家这些,目的只有一个,就是希望大家认清现实,不要抱有幻想。举手投降,是你们唯一的选择。”

“太可怕了。预言和反抗是计划的一部分，追捕与歼灭更是计划的一部分。”和尚说，“连你的反叛都是计划好的，这样的秩序，这样的体系，除了顺从，除了投降，你还能反抗吗？”

和尚的话引来一片同意之声。

“神圣秩序到底是什么？”阿宏不甘心地说。

“我也不知道。”方先生说，“也许用人类的语言已经无法描述它了。它囊括一切，包裹一切。它监视一切，记录一切。它调控一切，引导一切。它分析一切，预知一切。一切是它，它就是一切。它无处不在，无所不知，无所不能。”

老P道：“就拿清除行动来说，我们这叫迦楼罗行动，在地球的其他地方也有类似的行动。”

“地球的任何一个角落，都在神圣秩序的罗网之下。”方先生对阿宏说，“不要怪我，我只是奉命扮演这样一个角色。你也不是第一个救世主，在迦楼罗行动中，你是第六个。所以，投降吧。”

绝望的情绪完全控制住了阿宏。

这时，从外面传来一个声音。“瞧瞧我抓住了谁。”阿宏循声望去，看见拉梅什手里握着丛林之鹰，抵在艾莲娜的后腰上，将她押进了观察室。

10

“怎么回事？”老P问。

“报告。”拉梅什的语气和动作都极其夸张，“迦楼罗的公主，我亲爱的艾莲娜小姐要逃跑，我早就注意到了。就在刚才，她救走了尼罗鳄，要尼罗鳄率领手下反攻指挥部。她自己却想趁乱悄悄逃走。如果不是我，她就成功了。”

“真是你发现的？”方先生问。

拉梅什吐了吐舌头：“是我。”

“拉梅什哪有这本事？”艾莲娜说，“肯定是神圣秩序发现了我的行为数据异常，命令拉梅什监视我。”

阿宏不解地看着艾莲娜。在拉梅什的枪口下，她颇有几分狼狈，但也保持着一贯的从容与镇静。这份从容与镇静是久经沙场历练出来的，是阿宏所没有的，因而他非常羡慕。

阿宏忽然间想到一个问题，心顿时疼痛难忍，仿佛被鳄鱼咬去了一大半。

老P和方先生两个人飞快地对视了一眼，某种共识已经在这对视中达成。“介绍一下，这位拉梅什是中级龙虾特工，代号L。”老P说。

方先生接着说道：“别看拉梅什只有十五六岁的样子，他实际上已经四十多岁了。有塑形手术的帮助，这没有什么好奇怪的。他看上去人畜无害，演戏方面却是个中高手，很少有人能识破他稚嫩面孔下的真面目。”

“鉴于L在此次行动中的卓越表现，我决定，将L升级为预备高级龙虾特工。”老P说，“待一年之后，服役期满，即可升级为正式高级龙虾特工。”

方先生带头鼓掌。这干巴巴、孤零零、突如其来的掌声，反而像某种尖锐的讽刺。拉梅什毫不在意，他挤眉弄眼，张牙舞爪，活蹦乱跳，宛如一只高兴的小龙虾。

变故就是在这个时候发生的。

门那边传来爆炸声，火花四射的同时，整扇门都被烈焰熔解，化作一摊液体迅速流走。一名身着动力外骨骼的鳄鱼战士出现在门洞那里。他还没有来得及开枪，就被龙虾战士齐齐开火，当场射杀。他身后的同伴向观察室里发射了两枚高爆弹。连续两次爆炸把龙虾战士的队形打乱了。于是，更多的鳄鱼战士得以从门洞钻进来。

观察室内顿时一片混乱。龙虾战士忙着重新

组队，建立防御体系，对鳄鱼战士进行反击，而龙虾特工拔出随身携带的武器，想要制止观察员们四处奔逃。

浑水摸鱼，这是一个极好的机会。阿宏的视线越过和尚的肩膀，望向艾莲娜。只见她左手翻折，闪电一般沿着一条自上而下的弧线出击，握住拉梅什手中的枪，往下猛压，使枪口朝向地面。拉梅什奋力向上，要将枪口对准艾莲娜，但一只手力气不够，于是他赶紧把另一只手也挪到枪上。然而，这是一个错误的选择。艾莲娜的右手已经在袭击他喉结的路上了，当他的两只手都握住丛林之鹰时，他的喉结碎裂了……

阿宏放心了。耳边陡然传来和尚的惨叫。他正往某个方向狂奔，不知谁的子弹打中了他的肩膀，他跌倒在地，发出一连串诅咒，声音之大一度盖过了枪声。

阿宏赶紧俯身疾走，到了巨幅玻璃墙边迅速蹲下。

在这几秒钟里，观察室的局面已经发生了变化。和尚和拉梅什一样静止不动，没有看见艾莲娜。观察员有的趁乱逃跑，有的中弹倒下，还有的就近寻着掩护，暂时没有性命之虞。杜推芝受了伤，幸而不严重。龙虾战士与鳄鱼战士鏖战，短时间内看不出胜负。老P和方先生在龙虾特工的掩护下从容离去。阿宏没有看到尼罗鳄的身影。

刚才，大敌当前，方先生不是想御敌之策，反而一门心思捉内奸。现在已经明确了，方先生才是真正的内奸，那尼罗鳄显然不是。之所以把尼罗鳄冤枉为内奸，是因为抓了尼罗鳄，鳄鱼军团将群龙无首，很容易就被打败。由此可以证实：鳄鱼军团不但是这批反抗势力中真正想反抗神圣秩序的，而且是其中战斗力最强的，因此最为龙虾们忌惮。也许此次任务的主要目标就是鳄鱼军团。

尼罗鳄在哪里？还有艾莲娜……

此刻战场纷繁复杂，宛如大江与大河的交汇之处。子弹横飞，火焰腾起，烟雾弥漫，阿宏还是从一片纷乱中瞧出某种趋势来。

鳄鱼战士虽然神勇，但数量上处于劣势。也就是说，突袭观察室的并不是鳄鱼军团的主力部队，至多算是一支小队。刚才的突袭，使他们占了一时的上风。然而龙虾战士的数量更多，装备更为先进，训练也更为有素，他们三人一组，彼此配合，有人主攻，有人掩护，有人佯攻，于是局势很快发生逆转。

此时，寻找已久的艾莲娜出现在阿宏面前，他不由得咧嘴一笑。“你还好吧？”话音未落，就见艾莲娜脸色骤变。“怎么？”艾莲娜往阿宏身后一指，他转身看到巨幅玻璃墙多次被子弹打中，早已出现多处裂纹,此刻又承受了一轮大口径子弹暴风雨般的射击,裂纹迅速扩散,伴随着轰的一声巨响,玻璃墙化作一地指甲大小的圆形碎片。

阿宏张大了嘴,犹如被丢到岸上的鲤鱼。艾莲娜拽住他的手臂，强行拖着他转向玻璃墙碎裂后留下的巨大空洞。阿宏还没有回过神来,只听见身前身后有子弹呼啸的声音,人已在半空。他尖叫着和艾莲娜一起落到了三米下的指挥中心。

指挥中心此刻空无一人,维科和他的手下早不见了踪影。阿宏勉力站稳:“还是你专业。”艾莲娜回了一句:“废话。”上方的观察室突然探出一名龙虾战士。他的射击迫使艾莲娜拖着阿宏躲进了观察室下方的空间。

这里宛如宁静的避风港。阿宏刚刚喘了一口气,上方爆出一道闪光。这闪光如此剧烈,将眼前的一切都淹没了。

“闭上眼睛！”艾莲娜大喊。

阿宏没来得及理解，只顾照做。

观察室吱吱呀呀地怪叫着，在子弹的呼啸声、爆炸声以及金属折断的声音里垮塌下来。倘若不是艾莲娜及时拽了阿宏一把，他已经被垮塌下来的观察室砸中，一命呜呼了。

11

四周一片漆黑，伸手不见五指，仿佛置身于无光地狱。只有外面不绝于耳的枪声、爆炸声与碎裂声提醒着阿宏，他还在人间挣扎求存。

“艾莲娜？”他轻声呼唤。

“我在。”艾莲娜回答。

听声音，她应该就在离他不远的地方，但他看不见她。“你怎么样了？”他关切地问。

“我没什么大事。”艾莲娜说，“你试试能不能出去。”

阿宏仰面躺着，伸出双手摸索了一番，发现坍塌的观察室与指挥中心的这个角落构成了一个完美的逃生三角区。他试着推动压住自己的建筑残骸。这种高分子材料跟岩石相比，不算特别沉重，但他用尽全力也不能撼动分毫。他又试着寻找较为脆弱的部分，一轮敲击下来，没有任何发现，不由得颓然一声长叹。

“我动不了。”阿宏说。

“你听。”艾莲娜说，“外面战斗的声音已经消失。要么是战场已经转移，要么是战斗已经结束。”

那获胜的一方是谁？龙虾，还是鳄鱼？阿宏脑子里转过千百个念头：他们已经遗忘了我们？我们被活埋了吗？问出的问题却是：“艾莲娜，你是龙虾特工吗？说实话，不要骗我，好吗？”

“是，我是高级龙虾特工，代号A。”艾莲娜并不讳言。

“你奉神圣秩序之命扮演这个角色？艾莲娜，这不是你的真实名字？”阿宏突然悲从中来，“在别的地方，你有别的名字，别的爱人？”

“这是我第三次执行这个任务。”

“你的死亡与复活都是假的？”

“当然是假的。死亡是假的，复活也是假的。一个小把戏。只需要一种提取自蘑菇的药物，就可以使我进入死亡的过程，其逼真程度，一般的仪器都无法检测出来。”

“那你说的那些关于死亡与复活的感受……”

“那些感受是真实的。”艾莲娜回答。

沉默半晌，阿宏又问：“你的真名是什么？”

“很重要吗？”

阿宏轻声说：“很重要，对我很重要。”

“别天真了。即便知道我的真名，你也改变不了什么。”艾莲娜道，“说真的，我从来就没有喜欢过兔子装，勒得难受。但为了完成任务，又必须穿上它，去讨得新一任救世主的欢心。”

“他们会脸红吗，前两任救世主？”

“我……我不记得了。”艾莲娜沉默，似乎陷入了回忆，不久就自言自语道，“同样的剧情，救援，相识，复活，恋爱，甚至上床。任务，都是任务。有没有脸红，我真不记得了。”

“后来，我的前任，那两位救世主，怎么样了？在知道整件事情的真相，知道一切都是阴谋，知道一切都是骗局以后，他们怎么样了？都死了吗？”

“没有死。他们成了龙虾特工。”艾莲娜说，“你已经见过他们了。”

阿宏眼前滑过两张面孔，不由得打了个寒战：“你是说……”

“是的。老 P 和方先生。他们都曾经是救世主。从反抗者到拥护神圣秩序的距离，并不像你想象的那样遥不可及。”

缅甸有一个古老的传说，恶龙盘踞山谷，威胁村民定期献上少女。少年暗暗跟随少女，奋力杀死恶龙，救出少女。然后，少年坐到恶龙尸体上休息，眼望少女和恶龙囤积的金银财宝，心生恶念。下一秒，少年头上长出尖角，身后长出尾巴，肋下生出一对硕大的肉翅，浑身长出黑灰色的斑斑鳞片。旋即，变身恶龙的少年一口把少女吞下。

小时候听爸爸讲这个传说，阿宏并不能理解少年为什么会从英雄摇身一变，成为人人痛恨的恶龙。此时听到艾莲娜说老 P 和方先生都曾经是救世主，他忽然间明白这个传说的寓意了。我会变成恶龙吗？他苦笑着问自己。没有答案。单数是会，双数是不会。他想象着骰子掷出之后的情形，然后发现自己的手已经伸进裤兜里，去掏骰子。但是……但是，裤兜里没有骰子。骰子不见了。他的大脑顿时一片空白。

“我的骰子不见了。你看见了吗？”

“没看见。什么时候丢的？”

“刚才还在我裤兜里呢。现在怎么就不见了呢？它是我父母留给我的唯一的东西。”

皇家玛丽号上的“蜘蛛”系统最初只能监控，不能做行为预测。一对程序员夫妻对“蜘蛛”系统进行了改进，根据量子概率理论，升级了它的算法，最终使它成为皇家玛丽号至高无上的秩序。这对程序员夫妻就是阿宏的父母。在完成改进工作后不久，阿宏的父母就消失了。那年阿宏十二岁。他得到的说法是，不会游泳的母亲失足掉入海中，父亲不顾一切跳进海里去救她，因为体力不支，风浪太大，双双溺亡。当然，阿宏也隐约听到过别的说法，比如保密，比如逃离，比如背叛，总之都不是失足溺亡那么简单。然而，就如此后的若干事情一样，阿宏无法分辨哪种说法是真实的，哪种说法是虚构的。有没有可能它们都是对的？或者都是错的？他只能藏好金骰子——那是他十二岁时，父母送他的生日礼物——假装什么都不知道，在皇家玛丽号赌船上默默地奋力长大。

旁边传来一阵响动。虽然看不见，但阿宏感觉得到，是艾莲娜从她躺着的位置，勉力爬到他的身边。“阿宏，你还好吧？”她问。

阿宏没有回答，而是再一次提出了那个问题：“神圣秩序到底是什么？你是高级龙虾特工，你有没有见过神圣秩序？”

“神圣秩序到底是什么？”艾莲娜说，“也许是一种我们需要领头羊的集体幻觉，也许是每一个活着的人不自觉地却又共同参与整个社会运作的结果,也许是庞大到无以复加的虚实合一系统在足够复杂后自发涌现的数字生命。谁知道呢?大家都在说,但谁也没有见过它。我也许见过它的代理人,现在想来,这些代理人说不定是自封的呢,打着神圣秩序的旗号做着自己的事情。然而,真要说没有神圣秩序,我也不能完全同意。”

“为什么这样说?”

“这次,我处心积虑地策划了逃跑。我以为我做得很隐蔽了,表现得与之前的任务都一样——没想到还是被发现了异常。”

“你要逃跑,为什么不跟我说一声?”

“我为什么要跟你说啊?”

“因为……”阿宏感觉自己的脸烫得像有岩浆在上面流淌。

艾莲娜笑得整个身体都颤抖起来:“你想说你爱我吗?别傻了,我会相信一个认识我还不超过一个星期就说爱我的人吗？我并不爱你。所有你觉得我爱你的言行都是我表演出来欺骗你的，都是你的错觉。”

“我想说的，其实是……”“对不起”三个字在阿宏嘴里打转，吐出去的却是“我爱你”。他被自己的勇敢吓住了。没有掷下骰子，他做出了这个决定，似乎没有想象中的那么困难。

“爱太易碎，也太奢侈，不是我可以享用的。虽然……还是要谢谢你。”艾莲娜说，“我告诉你吧，大男孩，不要让爱蒙蔽你的眼睛。爱，有时是一切，有时什么都不是。”

“我要是喜欢呢，喜欢爱蒙蔽我的眼睛。”

“很抱歉，我规划的未来里没有你。”

“你规划的未来是什么样子的？”

“老一套，没什么新鲜的。”艾莲娜说，随即开始喋喋不休地讲述湖泊、森林和木屋。湖边的小路，屋后的花园、菜园和果园，天边的彩虹。“没有摄像头，没有谁监控你，没有谁命令你，自由自在。”艾莲娜说，“还要养三只猫，一大两小。我愿意宠它们，就把它们宠上天；我要是不愿意呢，就让它们自己跟自己玩，我什么都不管。”

阿宏沉湎于艾莲娜的幻想之中，然后意识到自己没有为自己规划过一个未来。“我有一件事想做，可是不知道该不该做。”一个念头从他心底跳出来。

“典型的选择恐惧症。需要丢个骰子来决定吗？”

“不，不用。”

“噢，我忘了，你骰子弄丢了。”

他半转身子，伸手勾住艾莲娜的脖子，吻了她。黑暗中，她的唇冰冷如雪，身体几近战栗。他突然意识到，她并不像她说的那样勇敢而决绝。

尽管已经“死”过好几次了，她还是惧怕。死亡，是不可能习惯的。他心生怜悯，觉得自己应该再做点什么。口口声声说爱她，却什么都不能做……

周围突然变亮，压住他们的板材被什么力量猛地掀开，光线如同无数支利箭从四面八方扎进来。

12

掀走板材的是四名龙虾特工。然后，他们退到一旁，动作整齐划一，如同傀儡师操控的四只木偶。阿宏和艾莲娜相互搀扶着从废墟中站起，正好看见老P和方先生过来。老P在前，背着手，踱着方步，方先生在他的侧后方，也背着手。在阿宏看来，这两人有惊人的相似之处。

“都还活着呢。”老P说，语带嘲讽，“好一对苦命鸳鸯。”

艾莲娜缓缓松开了握住阿宏的手：“你想怎

么样？”

阿宏手指弹动几下，除了空气，什么都没有抓住。遥远的地方，隐隐约约有枪声和爆炸声传来，这让他明白，惨烈的战斗还在继续，眼下的事情并没有结束。

“为什么背叛？”

“我累了。”

“什么？”老P对这个答案颇为惊讶。

艾莲娜耸耸肩：“就是同一个任务做得太多，反反复复循环，累了，不想干了，疲倦了，心态突然崩溃了，一心只想好好休息了。”

“还有，想养猫了。”阿宏补充道。

老P摇摇头：“一直以来，你都干得挺好的，升为高级龙虾特工是早晚的事情。这个时候背叛，把之前的功绩一笔抹掉，太不明智了。真不明白你是怎么想的。女人啊。”

“选择背叛,跟我是不是女人没有关系。”

“无所谓了。”老P说,“你的背叛,对神圣秩序所掌握的超级数据而言,不过是一个微不足道的变量。抹掉你,比干掉一只龙虾还要容易。”

“加上我呢?”方先生忽然说,“会不会使变量变得有那么一点力道?”

老P愕然:“你也要背叛?”

阿宏和艾莲娜齐齐望向方先生。事情转变得太快,阿宏看得出,连艾莲娜也毫无心理准备。

方先生掏出一把丛林之鹰对准老P:“你挡着我的道了。”

“难怪刚才你建议我把龙虾战士都派去消灭鳄鱼军团呢。”老P强行露出见怪不惊的表情,“也对,我挡着你的道,只要我还活着,你永远是千年老二。”

“说得不错。”

“你们——”老P厉声命令道，“——抓住他！”

一旁侍立的四名龙虾特工无动于衷地看着，在尴尬了几秒钟后，他们突然双手一摊，做出了一个无可奈何的表情，表明了自己的立场。

老P终于意识到了问题的严重性，脸色变得极其难看。“你就不怕神圣秩序查出来？”他咆哮着说。

“不是我杀死你的，我怕什么？”方先生说，“是现任救世主在迦楼罗基地的混战中杀死你的。所有的线索都将指向这一结论，所有的证据都能证明这一事实。他有充分的理由这样做，他也有足够的能力办到这件事。”

方先生郑重地把丛林之鹰递给阿宏：“杀死他，然后跟我走。”

也就是说，方先生将取代老P的位置，而阿

宏将成为新一代方先生——或者叫宏先生……阿宏平端着丛林之鹰，感觉到了它的重量，还有这重量之中所潜藏的血腥杀意，以及游丝一般若有若无的未来，心中踌躇。

"别，"艾莲娜叫道，"一旦开枪，你就回不了头了。"

阿宏垂下握枪的手，感激地望向艾莲娜："我不会成为恶龙的。"

这时，枪声骤然响起，老 P 胸前绽开一朵绚烂的血花，子弹的巨大冲击力将他的身体推向后方三米远，然后仰面倒下。一只手从他的怀里滑落，露出一把丛林之鹰。

开枪的是四名龙虾特工中的一个。"奉神圣秩序之命，处理老 P。"他面无表情地说，"老 P 并非龙虾组织首领的唯一人选，而他自以为是。"

方先生惨然一笑："我知道，我也不是。"

现场气氛再一次骤变。艾莲娜指着老P的尸体，说：“下一次执行救世主计划的时候，你就是他现在这个样子。你还要继续为神圣秩序服务吗？”

“艾莲娜，你以为我真不知道吗？我只是想继续活下去，多活几天。”

“多活几天？”阿宏把方先生的最后几个字重复了一遍。他看到了一丝希望。虽然渺茫，但并非没有实现的可能。他假装无意中拂过手背上的皮肤显示器，用舌尖在门牙后面敲击，发出一个指令，遥控启动一个叫作“小跳蛛”的装置。

之前艾莲娜曾经暗示过阿宏，方先生不可靠，维科对阿宏的敌对情绪也让他疑惑，所以借用一次到指挥中心的机会，阿宏将“小跳蛛”偷偷插进了指挥椅。这是赌船上的人自己研发的一种工具，比指甲盖还小，一半是固体，一半是液体，附着在电脑的量子芯片旁边，平时没什么用，一旦接到指令，就会积极行动起来，侵入量子芯片，完成诸如窃取情报、篡改信号、谋夺指挥权等复杂任务。

“还要活得更好。”方先生接过阿宏的话头，说，“我并不像你看见的那样擅长演讲，在很长的一段时间里，我甚至讨厌面对一群人说话。然而，没有别的办法，我必须克服心里的恐惧，让自己学会演讲。本来执行外勤任务，神圣秩序可以从数百个候选对象中挑选出最适合完成某个任务的龙虾特工。但做默默等待安排的螺丝钉和砖头，不符合我的性格。想要在神圣秩序中获得更高与更快的升迁，仅仅靠等待神圣秩序安排，更是不可能的事情。所以我磨炼了自己，改造了自己，增强了自己，我把自己变成了神圣秩序最需要的人。”

“神圣秩序要你野蛮粗鲁，你就野蛮粗鲁；要你精明能干，你就精明能干；要你笨嘴拙舌，你就笨嘴拙舌？”阿宏一边说话，一边接受来自“小跳蛛”的信息。听骨上的微型解码器拼命工作着，将“小跳蛛”发来的无线电波翻译成他能听懂的语言。

作为救世主，他拥有进入迦楼罗基地指挥系统的权限，但那是在指挥椅上，而他此时要做的，是借助“小跳蛛”遥控进入。这是一件非常复杂的事情，“小跳蛛”并不能独立完成，需要阿宏下达大量的指令。问题是，他现在面前站着方先生，舌头用于说话，就不能用于发指令。忙于说话，指令发错，“小跳蛛”的任务就无法完成；专心发送指令，不与方先生说话，就会被方先生察觉出异常。

这是一次不容许失败的冒险。

“是这样的。”方先生点头，“只要任务需要，我可以变成任何一个角色。正是这种超越常人的可塑性，使我在数量众多的龙虾特工中脱颖而出。连神圣秩序都不得不承认,我就是那行为无法预测的10%的人中的一个。”

下一秒,阿宏意识到该对方先生说话了。其间出现了多长时间的停顿?方先生起疑了吗?“神圣秩序驯服了你,把你驯服成了演员。”他说,声音微微有些颤抖，于是用反问来加强自己的语气,“不是吗?”

“演员?很好的比喻。是的,我就是一个演员,一个不可替代的演员。”

“继续说啊！影帝！我看好你！”“小跳蛛”的反馈很积极。但阿宏需要时间,时间不在他这边。“跟你走,就是要我变成你那样的一个演员?”

“你还有其他选择吗?”

“不,我不想成为演员。”阿宏说。神圣秩序,不管它是什么，都不能决定我的一切。我有我的选择。“我只想成为我自己。”

“骰子的奴隶吗？”

“不，你并不真正了解我。”阿宏说，同时焦灼地望了艾莲娜一眼，“掷骰子，自有其意义。”

然而他无法继续说下去了。借助“小跳蛛”，他体内的植入系统已经与迦楼罗基地的指挥系统无线连接在一起。他的意识在指挥大厅扩展开来。虚拟与现实，合二为一。他飘浮在指挥中心的上方，看见了自己的身体木头一样伫立着，隐隐约约听见艾莲娜在说话。

“我知道阿宏是怎么想的。”艾莲娜说，“骰子，正六面体，六个数字。抛向空中，在落地之前，朝上的点数是多少，没人知道。傀儡师，或者神圣秩序，抑或是影子政府，也不知道。他们可以监控，但无法干预骰子。掷骰子，是一种特定条件下的自由。

“假如并没有一个高高在上的神圣秩序掌控一切，一切都是随机、无法预测、无常的，那掷骰子就是以无常对抗无常。假如真有一个高高在上的掌控一切的神圣秩序，一切都是有序的、注定的、不可改变的，那掷骰子就是以无常对抗有常，力求在命定的轨迹上，写出不一样的传奇。”

阿宏感激地暗自点头，放出意识之手，就像放出无数条章鱼一般绵长、有力、布满吸盘的腕足，去搜索眼下能用的资源。整个迦楼罗基地的战况他尽收眼底，鳄鱼战士虽然神勇，作战意志也远超龙虾战士，但数量与装备上的劣势，使得这场战斗很快进入了尾声。四处还有鳄鱼战士的零星抵抗，但毫无疑问，战斗已经结束了。他在资源列表中寻找：无人战斗机、遥控坦克、同步机甲……他需要一支战斗力爆表的军队，把方先生和龙虾特工全部干掉，还要护送艾莲娜突破龙虾战士的层层包围，去往停机坪，坐上旋翼机，逃出迦楼罗基地，摆脱神圣秩序的控制，过上她想要的生活……

方先生说："哦，没有想到你会这样想。"

艾莲娜莞尔一笑："演戏嘛，谁不会？"

"你在拖延时间……"方先生拉长了声音，"……没有用的。"

一阵刺痛从每一条腕足的尖端传来，所有延伸出去的意识之手都悲鸣着、颤抖着消散于无形。阿宏惨叫一声，被指挥系统强行踢出，整个人触电一般抽搐着倒下。

13

“别以为我对你那些小把戏一无所知。”方先生说，“一切都在神圣秩序的掌控之下，除了鳄鱼军团的战斗意志超出预期外，其他的都按照计划进行。救世主，你也不例外。”

阿宏闭着眼睛，蜷缩在中心控制室的地上，宛如一个无助的婴儿。所有的幻想都离他而去，连愤懑也消失不见，只剩下一具充盈着绝望、羞愧与自我憎恨的皮囊。这就是结局了吗？是的，这就是结局。我努力了，我失败了。失败就等于死亡。

死亡……

死亡是什么？几天前的一次闲聊中，他曾经问过艾莲娜这个问题。

艾莲娜回答道："死亡，好可怕的。相信我，你不会喜欢那种感受。你的意识清醒着，身体却渐渐麻痹，不能动弹，也不再能接收任何信息。你似乎在飞，似乎在膨胀，又似乎没有，在你思量这个问题时，你又瞬间缩回到冷寂的躯壳里。四周变得异常安静，就像偌大一个宇宙，只飘浮着你孤零零一个灵魂。然后，这唯一的灵魂也如即将燃尽的火柴，在风中飘忽几下，熄灭了。一切都消失殆尽。黑暗、寂静、寒冷，连灰烬也不曾留下。"

当时听艾莲娜这样说，他并不觉得有什么特别的感受。但现在，他正在经历死亡，所以能深刻地理解艾莲娜说过的每一个词语，每一个句子。

一切都消失殆尽。黑暗、寂静、寒冷，连灰烬也不曾留下。

“阿宏？”有人在呼唤。声音缥缥缈缈，似远至天外，又似近在耳畔。阿宏？阿宏是谁？

“阿宏？！”一根手指伸到他的鼻孔下方，探寻他的呼吸。他嗅到了一股若有若无的香气。我是阿宏吗？

“阿宏！你醒醒！”艾莲娜的声声呼唤，仿佛暗夜里悦耳的风铃声，又仿佛沙漠中悠扬的驼铃声，还仿佛是……

他沉醉其中，不想自拔。但是，隐隐约约有光透过眼睑照射进来，然后是雷鸣般的声音在大脑深处轰响。过了好一阵子，他才明白那是心跳的声音。我是阿宏，我复活了吗？

他也曾问过艾莲娜复活的感觉是什么。当时艾莲娜说：“你不敢睁开眼睛，也睁不动，眼睑沉重得像生了锈的铁门。四肢酸软无力，稍微用力就如无数根钢针在肌肉与骨头之间的缝隙里进进出出，疼痛无比。但你会感谢这疼痛，因为正是这遍及全身的疼痛告诉你，你还活着。你继续在生与死之间挣扎。”

我要复活。阿宏努力感受着艾莲娜说过的感受。他不顾肺的抗议，剧烈喘气。手指能微微弹动几下，也让他欣喜不已。他终于睁开了眼睛，又马上闭上，因为光线太过强烈，他需要重新适应。“你身上的每一个器官都需要重新适应。”艾莲娜如是说，“再一次睁开眼睛的时候，无数的声音将如潮水般涌进你的耳朵里。你会意识到，这声音其实一直都存在，只是被你忽略了而已。”

阿宏倏地睁开了眼睛。10%的人的10%的行为是无法预测的。这句话在他心里萦绕。他拉住艾莲娜的左手，让她把自己从地上拉起来。比如，愿意为只认识一个星期的女孩牺牲自己。

第一次阿宏没能站起来，他起了一半，又一阵抽搐倒了下去，连艾莲娜都差点被他拖倒。艾莲娜再次呼唤着他的名字，倾身向前，右手揽着他的腰部，让他把胳膊搭到自己的脖子上，用自己的身体将他从地上支撑起来。

借着这一番挣扎的掩护，阿宏用左手拿到了掉落在地上的丛林之鹰，并将它藏在了艾莲娜的身后。

枪身很沉，有浓浓的杀意，也有拯救的希望。

“方先生，我有选择困难症。这是事实，我从不否认。”阿宏喘息着说，“但你，还有很多人所不知道的事实的另一半是，一旦我做出了选择，就不会轻易更改。”

方先生轻蔑地说：“这次你的选择是什么？”

“我不会成为恶龙。”

阿宏说着，扣动扳机。丛林之鹰传来巨大的

后坐力,他拼尽全力,固定住射击方向。

子弹不是射向方先生,也不是一旁侍立的四名龙虾特工,而是指挥中心大门。那里在先前的战斗中已经被炸出一个大窟窿。子弹打过去,没有击中任何有价值的目标。这一点让方先生颇为疑惑。然而下一秒,他就明白阿宏这么做的原因了。

五名鳄鱼战士从指挥中心大门蜂拥而入。他们的动力外骨骼虽有斑斑伤痕，甚至残破不堪，但作战依然勇猛。第一轮齐射,就打倒了三名龙虾特工。第四名龙虾特工拔枪还击,也很快被弹雨击倒。

“你怎么知道他们在那里?”艾莲娜轻声问。

“刚才我在指挥系统里看见了。”阿宏说,“他们并不知道我们在这里,我开枪,是提醒他们。”

“鳄鱼军团获胜了?”

“不,从整个迦楼罗基地的战况来看,鳄鱼军团战败了。这几个,是为数不多的幸存者。”

鳄鱼战士中的一个掀开了面罩,尼罗鳄露出粗犷而坚毅的脸。他走到方先生跟前:“你还有什么话说吗?”

“神圣秩序已经放弃我了。”方先生耸耸肩,“我无话可说。”

这个昔日的救世主,今时的龙虾高级特工,将来的龙虾首领,挺直身体,脸上露出烈士一般肃穆的表情。但在阿宏看来,他更像是一个孤注一掷,结果输光了一切的赌徒。

“为了鳄鱼军团!”尼罗鳄低吼着扣动扳机。

方先生向后跌倒,跌倒在老P的尸体旁边。他们俩靠得很近,近得两人喷涌而出的鲜血在地面汇集流淌。

“结束了,至少是告一段落了。”艾莲娜说着,松开扶住阿宏的手,走了几步,蹲下身,从废墟中捡起一样金色的东西。她走回到阿宏跟前。“你的。你父母给你留下的唯一礼物。”她把手摊开，金骰子安静地躺在她的手心。

阿宏取过金骰子，握在手里。“谢谢。”

“接下来你有什么打算？”

“我还没有想好……”阿宏迟疑着，回皇家玛丽号？还回得去吗？去别处，又是哪里呢？“现在不是讨论这个的时候。”他看见尼罗鳄向他走来，临时起意，“至少等我们一起杀出迦楼罗基地再说。”

尼罗鳄走到阿宏跟前：“救世主，请您原谅，我来晚了。我的妻子，还等着您的拯救。”

“都这个时候了，你还相信我是什么狗屁救世主吗？救世主会犯如此明显的错误吗？要不是你，我早就死了。”阿宏真诚地说，“救世主还需要别人来救？有这样的救世主吗？”

“相信，是一种无可匹敌的力量，当您选择相信什么的时候，全世界都会为您让路。”尼罗鳄引用方先生的话回答了这个问题，“在这件事上，我相信错的不是您，而是方觉晓。遭遇背叛，不也是成为救世主的必经之路吗？”

“你相信命运？”

“不。”尼罗鳄说，“我的意思是，我从来不去想那档子事，太深奥了。我只管做好眼前，比如现在。我就知道只有最虔诚、最忠心、最纯粹的信徒，才能不计一时的成败利钝，跟随救世主，历经磨难，走向最后的辉煌。”

艾莲娜说：“尼罗鳄，有一件事情我必须先告诉你。先前我救你，只是为了让你拖住龙虾战士，让我有机会逃走，没想到现在你真的救了我和阿宏。”

“我明白的。我只管做好眼前，不管其他。”尼罗鳄说，“时间很紧，龙虾战士随时会过来。我们赶紧离开这里，回到鳄鱼基地。在那里，重新开启反抗神圣秩序的伟业。”

尼罗鳄指着前方，仿佛红彤彤的太阳就要在那个方向跃出地平线，把淡金色的光线洒向莽莽苍苍的亚热带丛林。这似乎预示着什么。然而……我该相信他吗？这会是救世主计划的第二季吗？阿宏突然愣住了。

他摊开手掌，端详着手心里的金骰子。单数是相信，双数是不相信。他很想抖抖手腕，把骰子抛到半空，然后看着它落下，等待最后的结果，等待命运的安排。

然而他以最大的毅力克制住了冲动。他屈指成拳，把骰子攥在手心，用力之猛，好像要把骰子攥碎，好像要把骰子攥进皮肉里，好像攥着的不是骰子，而是他脆弱又顽强的一生。

这一次，我要自己做出抉择。他想。

创作谈

大数据、《黑客帝国》与选择恐惧

/ 萧星寒

随着外卖行业的蓬勃发展，关于外卖骑手成为高危职业的讨论层出不穷。有报道称，基于AI智能算法深度学习的配送系统对骑手不甚友好，相同的配送距离，配送时间却一再缩减，迫使骑手不得不与时间赛跑，和交警较量。有骑手据此分析，自己接到的订单越来越差，或许与长期只供职于一家公司有关，并猜测如果自己偶尔为其他平台提供服务，是否会被系统判定为有离开的可能，从而分配一些好订单，让自己尝到在本公司工作的甜头。

在骑手的假设中，有个明显的悖论——对公司越忠诚，越被压榨；反倒是那些想要背叛的人，会受到更多的照顾。一旦假设成立，不难想象，在洞悉了系统的“秘密”之后，所有外卖骑手都会以时不时地“出轨”来对抗系统的控制与压榨。那么，谁会是最终的受害者呢？

外卖公司的任务管理与分配系统是人设计的，运行规则也是人制定的，目的简单直接，即追求公司利益最大化。然而，一旦系统开始运作，把公司、骑手和顾客囊括其中之后，竟然渐渐有了“生命的迹象”，从为使用者服务，到有意无意“控制”使用者的行为，此乃又一悖论。

怎样完成系统分配的任务？如何与系统斗智斗勇？怎么利用系统漏洞，在系统的控制下还能得心应手地工作？当外卖骑手开始思考这些问题时，当他们为了零点零几秒而狂奔时，当他们发出怨言有所反思，却被指摘没有建设强大的心理防线而开始自我怀疑与自我否定时，就是被系统控制了。他们被改变的不只是言行，有时甚至包括思维模式。

类似现象在生活中并不罕见。数字经济时代，算法究竟应是一个怎样的存在？

假设技术进一步发展，现实世界与虚拟世界合二为一，将地球和人类都囊括到这一系统之中，每个人和每样智能设备都只是这个系统的一个组成元素——相当于把外卖公司的系统放大七十亿倍——会发生什么样的事情？

《骰子已掷出》讲的就是这样一个故事。

有一次我到成都参加科幻活动，和一个朋友聊到大数据挖掘，提到真正意义上的“完全控制”，是连反抗都是系统事先计划好的。我立刻想到《黑客帝国》，这也是我创作《骰子已掷出》的起点。

我多次在不同场合提及，《黑客帝国》是我最喜欢的科幻电影。在正式写作之前，我还特地重新观看了《黑客帝国》三部曲及动画片，寻找灵感。《骰子已掷出》的人物设定与《黑客帝国》近似，而方先生找阿宏、艾莲娜救阿宏、救世主的传说等情节也取材自《黑客帝国》。在此，向《黑客帝国》的主创团队致以最诚挚的敬意。

尽管如此，《骰子已掷出》绝非《黑客帝国》的东南亚翻版，因为故事展开后，我修改了所有人物的命运走向——譬如艾莲娜不再如崔妮蒂一般是为主角献祭的角色，她可以不爱男主角，而去追求自己的幸福。

我还添加了新的元素，如选择恐惧症，并使之成为故事的主线与思想核心。

现代社会充满诱惑，选项众多，光口红色号就不计其数，更不要说一打开购物网站，数不胜数的商品都在争先恐后地冲你喊:“买我！买我！买我！”面对选择,每个人都异常焦虑。而实际上,这些看似多样的选项，都是系统通过大数据分析,根据消费者的喜好定向推送的——我们已经在不知不觉中成为系统“控制”的一部分,我们所谓的选择,不过是被动之举,这就更让人焦虑了。

那么，用掷骰子的方式来代替我们做出选择,即用随机性来对抗系统的控制,让选择恐惧不复存在又当如何呢？就像本文开篇外卖骑手用“出轨”对抗系统控制的假想一样,以掷骰子作为对抗“神圣秩序”的手段呢？或者干脆想得极端一点,所谓“对抗”本身,包括写作和阅读《骰子已掷出》也是系统控制的一部分呢？既然“神圣秩序”如此可怕,我们能阻止它的降临吗？

不得而知。

我只知道:骰子已掷出。

评论

控制与选择
——简评萧星寒的创作

/ 韩松

萧星寒是从一名普通的科幻读者成长起来的作家，本职工作是老师，写作并非专职，因此，很难想象他如此惊人的文字产量，以及能写出诸如《骰子已掷出》《弓形虫》这样高水准的科幻作品。

在萧星寒的近作中，我读到了当下现实的某些表征，但并不尽是，要比那宽泛得多。究其原因，是他在创作中更加深入人的心理。在传染病灾难与行为控制等科幻设定下，人的思想严重扭曲,来自外界的黑暗竟成为自身的一部分被坦然接受,甚至沾沾自喜,这是最可怕的。因此萧星寒的近作普遍具有极强的讽喻性。

《弓形虫》是一部关于高危传染性疾病的中篇小说。弓形虫主要寄生在以猫为代表的猫科动物体内,一旦感染人体,会突破并侵犯免疫系统。而变异后的弓形虫将控制人的思维,使人丧失对常识的判断,做出违背本意的行为,造成的危害越大,患者越快乐。面对批评,他们会激烈地反击。病人有捍卫自己领地的强烈欲望,甚至会胁迫决策者做出有失偏颇的判断,终致社会秩序陷入慌乱……

方方面面如临大敌,严加防控,所幸躲过了灾难。但是,无法确定这是弓形虫隐匿还是人类努力抗击的结果。作者暗示,看似已恢复正常的生活秩序可能只是暂时的。

在《骰子已掷出》中，萧星寒引入时下应用广泛的大数据理论，将故事背景设定为人类受到虚拟系统的全面控制，看似选择众多，实则反倒陷入了失去选择自由的无奈与彷徨。无论是否接受，事实已然如此——标题引用恺撒的经典名句，恰如其分地暗合了小说的深层思想，可谓点睛之笔。

萧星寒的科幻创作经过了由“技术流”到“文学性”的历程。看不见人与机器的战争，却越发引人深思。他的文字传达出一种寓言似的真实感，代入感强，亦真亦幻，读罢令人不寒而栗。这也是文学创作的本意。

萧星寒善于把大量笔墨倾注到小人物身上，写他们的生存与话语，使作品充满浓郁的生活气息。一群小人物在重大危机中，都做出了选择，却又没有选择——他们往往是善恶同体。

在这个科幻般的现实中，未来越来越难以预料了，人类仿佛都被身外之物控制着。这时，我们该何去何从？一千个读者眼中，有一千个哈姆雷特。

小说也提示我们，科幻应该往哪里去。如今我们选择了更多的科学技术，赞赏“硬核”；我们也更倾力于写得更加惊奇，让人读得更爽。但社会、思想、情感、人物，与之并不矛盾，并且无疑需要得到更广泛的重视，才能助力中国科幻文学取得更大的突破。对此，萧星寒是认识到了的。